ふわふわ花神様、炎の皇帝に娶られる

AKUTA KASHIMA

鹿嶋アクタ

CHOCOLAT BUNKO

ILLUSTRATION kivvi

CONTENTS

序

「蒼の国より炎の国へ以下の品々を献上す。翡翠、瑪瑙、琥珀、珊瑚、合わせて五斤三両。絹織物二丈三寸。奴隷二十八。家畜——羊五十頭、山羊三十頭、豚五十頭……」

男は両膝を地面につけ拱手の姿勢を保ったまま、若い官吏が目録を淡々と読み上げる声を聞いていた。旅の連れとは既に旅籠で別れており、一人きりの身であった。

さりげなく見遣った官吏の服は、青地で金の刺繍が施されている。皇帝にも直接御目通りがかなう高官であることを示す。

側に控えていた兵士が、ふと豪快に欠伸をした。官吏が小声で咎める。

「真面目にやってくださいシシ様。使者の方が呆れておいでですよ」

「んぁ?」

こちらを見下ろし、兵士が間抜けな声を漏らした。身の丈六尺(百八十センチ)以上はありそうな大男だ。頬骨が高く鼻も大きく尖っており、髪は血のように赤い。鬼のような風貌だ。典型的な緋獅族の特徴であった。

（噂には聞いていたが、まさか本当に髪が赤いとはな。彼奴（きゃつ）らの髪は、そそげぬほど大量の返り血を浴びたせいで赤くなったと言われているが真実やもしれぬ）

「シシ様、検（あらた）めをお願いします」

官吏が兵士に目録の巻物を捧げた。驚いたことにこの野蛮（やばん）な兵士は官吏より立場が上であるらしい。

官吏の手から目録の巻物をひったくり、兵士はふんと鼻を鳴らした。その乱暴な手つきに男はひやり、とさせられる。

「んー……あー……」

あの、と声を潜めて官吏は指摘した。

「シシ様、それ逆さまです」

「あぁ？　早く言わぬか、雲嵐（ユンラン）！」

「ひい、申し訳ありません！」

叱責された官吏は申し訳なさそうに身を竦めた。緋獅族は文字を持たぬという。名が示す通り、獣のような一族なのだ。

（読み書きもできぬ蛮族どもめ）

三年前、千余年の歴史を誇る栄（ロン）大帝国は滅亡した。そして今、この地は『炎』と呼ばれている。

前皇帝を殺した男が今の皇帝だ。だが蛮族に治世が務まるものではない。世は乱れ、国境付近では常に小競り合いが続いている。

結局シシは文字を読むことは諦めたらしい。無造作にこちらへ投げて返した巻物を飛びつくようにして男は受け取った。冷たい汗が背中を伝う。もしも巻物を床に落としこんなところで〝仕掛け〟がバレたら、きっと死んでも死に切れない。

幸いにも兵士も官吏も何かに気づいた様子はなかった。ほっと胸を撫で下ろす。

男は『蒼』の使者である。蒼は炎帝国とは比較にもならぬ小国だが、金山を抱えておりそれなりに栄えていた。

しかし蒼は両国の境にある水源を巡って一昨年より炎と揉めているのだ。炎は今落ち着かない内政に目を向けているが、近隣の小国など気が向けばいつでも潰す力がある。水源は惜しいが炎に刃向かうのは得策ではなかった。

此度(こたび)男は、炎と和睦(わぼく)するため遣わされたのだった。

だがそれは表向きの話である。男の密命は炎の皇帝、緋皇(フェイホアン)の暗殺であった。

男は前皇帝に仕えた細作(スパイ)だった。己の立場を明かしたうえで、彼はその腕を買われ蒼に拾われた。

（ケダモノの民、ケダモノの皇帝か。ああ、虫酸(むしず)が走る）

『蒼』がどうなろうと男の知るところではない。しかしこの地が、そしてここに住まう民たちが、これ以上蹂躙されるのを黙って見ているわけにはいかなかった。命を受けたのは、単純な利害の一致である。

蛮族たちが帝国を攻めてきた時、幸か不幸か男は国外へ出ていた。

一万にも満たない緋獅族が何故五十万人を抱える帝国軍を破ったのか。その理由は後宮にあったと言われている。

彼らは緋獅族で一番の美女を栄帝国へと送り込んだ。黒髪で黒い瞳の女しか知らなかった栄皇帝は、すぐに赤毛美女の虜となった。

そうして栄皇帝を骨抜きにしたところで、女は緋獅族の軍隊を帝都に潜入させる手引きをした。折しも栄帝国軍の主力部隊が、領地で起きた内乱を鎮静しに出兵した隙を狙ったものだった。緋獅族が農民たちを反乱軍に仕立てあげたのだ。

帝都を落とされ栄の兵士たちは統率をなくした。前皇帝は殺され、長き統治を行っていた栄は滅びたのである。

(卑劣なケダモノどもめ。今のうちにせいぜい笑っているがいいさ)

男が目録を丁寧に巻き終えると、シシが衛兵に合図をした。

近くに控えていた兵士たちが四人がかりで大扉を押す。この先の謁見の間に、緋皇がいるのだ。

軋みながら扉が開くと、シシが最初に入っていった。官吏がそれに続き、最後に男が謁見の間へと足を踏み入れる。

　炎の連中は新たに宮殿を建てることはしなかった。謁見の間も以前のままだ。但し玉座には天蓋がかけられ、その上から真紅の獅子像がこちらを睥睨している。

　天蓋から垂らされた薄布のせいで緋皇の姿を直接窺うことはできなかった。ふと、現皇帝に関する噂を男は思い出した。

　緋皇は滅多なことでは人前に現れぬという。一説によると戦で片目を潰され、鼻を削がれた醜男なのだとか。

（近衛兵は二十人か）

　元よりこの場所から生きて帰れるとは思っていない。兵たちの中で緋獅族の男は四人、シシを含めると五人だ。ふと、兵の中の一人だけ目を引かれる人物がいた。

　燃えるような赤髪、薄灰色の瞳、鼻筋の通った端整な顔立ちである。目も眩むような美貌だが、長身で肩も胸も厚いため女性のようなたおやかさとは無縁だ。

（ケダモノ一族にも、このような男がいるのか）

　その時銅鑼の音が鳴り響き、男はハッとした。事前に伝えられていた謁見の合図だ。

　奥まで進むと五段高くなった壇上に玉座があった。長槍を持った衛兵たちが、その左右に十名ずつ配置されていた。

　玉座に向かって足を進めていると、部屋の中央でふたたび銅鑼が鳴らされた。その場で跪き額を地面につける。その動作を三度繰り返した。

屈辱は感じない。もうすぐ己が手で皇帝の命を奪うのだ。銅鑼の合図で男は玉座の前へと進み出る。皇帝の許可なくば、この先は何人たりとも立ち入ることはできない。

（そう……たとえ近衛兵であろうとも、だ）

壇の手前で男は膝を折り懐から目録を取り出した。巻軸には、毒を塗った小刀を仕込んである。毒は附子を使っており、身体に入れば悶絶死するものだ。

拱手をして、男は巻物を開いた。目録を読み上げながら緋皇を注視する。

玉座の天蓋から垂らした薄布越しに人の影が見える。緋獅族にしては小柄であった。男は巻軸の細工を外し、取り出した暗器を手に壇上へと跳躍する。

兵士たちのぽかんとした顔が痛快だ。布を手で払い、玉座に座る相手の心の臓を貫いた。

（やった！）

任務を遂行した喜びに全身が震える。だがその震えはすぐに別の意味に変わった。

「なっ、これは……」

男は白目を剥いて泡を吹いている人物を凝視した。豪奢な衣服を身にまとい、後ろ手に縛られ猿轡を嵌められている。死んでいるのは緋皇ではなかった。男が雇った馭者だ。

「ああ、そんな……それでは緋皇は」

呆然と男が漏らした呟きに、答える者があった。

「我はここに」

壇上の男を仰ぎ見るのは、さきほど目に留まった美貌の衛兵だ。まさかこの青年が緋皇だと言うのか。兵士に紛れ、こちらの出方を窺っていたというわけだ。

（そうか、私は罠に……）

すべてを理解し、男は吠えた。哀れな馭者の胸から暗器を引き抜き、壇上から青年に飛びかかる。青年は一切動じず、手にしていた槍を閃光のように振るった。

振り下ろした暗器が床に転がる。同時に、暗器を握っていた指があたりに散らばった。

「が、あああ！」

痛みに呻く男を容易く組み伏せると、青年は用意していた麻紐で男を後ろ手に縛めた。

傍に控えていた兵士たちが一斉に動きだし、男はすぐに彼らに引き渡された。自害防止のために口に布を噛まされる。その寸前、男は叫んだ。

「予言してやる！　ここで俺に殺されていれば良かったと、おまえは後悔するだろう！」

頬に衝撃が走り、血の味が口中に広がった。殴ったのはシシだ。殺されかけたばかりだというのに、涼しい顔で緋皇は言った。

「蒼と炎では兵力の差は歴然としている。蹂躙されるのはそちらでは？」

「我が蒼には神がついている！　おまえなど四肢をもがれ嬲り殺しよ！」

男のことばに初めて緋皇が表情を動かす。だが彼が口を開く前にシシが引き取った。

「おい衛兵ども、ぼさっとするな！　とっととこいつを牢へぶち込め！」

引きずられるようにして、男は地下へと連れて行かれた。牢の中に放り込まれ、鍵をかける音を聞く。じめじめした地面に転がり、男は嗤（わら）った。

（この手で緋皇を殺したかったが、まあ良い）

奥歯をくり抜き、仕込んでいた毒を飲み下す。どこに紛れていたのか、一匹の青い蝶がひらひらと牢の隙間から逃げてゆくのが見えた。

（我が役目は終えた……）

毒が全身を巡り、まもなく男は事切れた。いったいどれほどの苦しみだったのか——歪んだその顔は、どこか笑っているようにも見えるのだった。


兵士たちが青い顔で謁見の間に駆け込んで来る。彼らの顔を見るなり、緋皇は言った。

「含み毒でもしていたか？　あの手合いはいくら呵責（かしゃく）しようが口を割るまい。こちらの手間が省けて良かったではないか」

その場にいた兵士たちは、それぞれ顔を見合わせた。尋問前に捕虜を死なせてしまったのに、お咎めがなく戸惑っているようだ。

皇帝のすぐ脇に控えていたシシが盛大に顔を顰めた。

「良いわけがあるか！　皇帝が暗殺されかけたんだぞ！」

縮み上がる兵たちを尻目に緋皇は苦笑した。

「叔父上、どうか声を控えてください。衛兵たちが怯えている」

「ええい、その物言いも止せ！　炎帝国の皇帝が一介の将軍を敬うとは何事か」

「俺は皇帝だが、貴方の甥だ」

官吏の雲嵐がまだまだ続きそうなふたりの間に割り込んだ。

「気をお鎮めください、シシ将軍。そして緋皇陛下も煽るような仰りようはどうかお控えくださいませ。今は他に詮議することがございましょう。おふたりとも大人げないです」

たかだか官吏が皇帝と将軍に向かって大層な物言いだ。しかし若者の顔は青ざめており、身体は小刻みに震えている。

「厩番のガキが偉そうな口を利くな」

シシは今にも腰の剣を抜き、官吏の首を刎ねかねぬ勢いだ。

「恐れながら……っ、厩番だった私を取り立ててくださったのは緋皇陛下でございます」

涙目ながら猛将に一歩も引かぬ若者を見て、緋皇は叔父の肩を叩いた。

「雲嵐の勝ちですね。確かにくだらぬ言い争いをしている場合ではない。蒼が神下ろしの儀に成功したのは真実なのか、真実であるならば何の神を喚んだのか、急ぎ確かめねば」

ムッと唇を歪めながらも、シシは緋皇のことばに頷いた。それを見届けた瞬間、雲嵐は床にへたり込んだ。

「少々気の弱いところもあるが、言うべきことは命懸けでも言う。我ながら良い目利きだったと思うぞ」

雲嵐に手を貸しながら自画自賛する緋皇に、シシはふんと鼻を鳴らした。

かくして緋皇が暗殺者とその馭者の首を揃えて蒼へと送り返すと、ほぼ同じ頃、蒼国へ放っていた細作たちが帰還した。

深夜、緋皇は叔父のシシとともに己の寝所で報告を聞いた。

「確かに蒼は神下ろしの儀を行っております。東国由来であるとされる軍神が蒼に喚ばれました」

海を越えた東方の地に、周囲を海に囲まれた小国がある。さすがに細作を送ることもできず、人々の伝聞で知るよりほかない。

曰く――国中すべてが金で造られた黄金郷であるだとか、神と人がともに住まう神秘の国であるだとか些か荒唐無稽な話が多かった。

「東国の軍神が何故蒼に……？」

「はっ、実は先ごろ東国の姫君が蒼王に輿入れしました。それもかなり力を持った巫女であるらしく、神下ろしの儀を執り行ったのはその姫君であるとのことです」

緋皇の疑問に細作は答えた。シシが唸り声を上げる。

「確か蒼王は成人したばかりで東国の姫さんってのは儂より十も二十も上ではなかったか？　その娘か？」

「いえそれが……娘ではなく本人でした」

「もう干上がった婆さんが、子も産めぬのに輿入れか」

シシは間もなく五十歳を迎える。その十も二十も年上ならば、子を成すことは不可能だ。対する蒼王は、成人したばかりの十六歳。母と子どころか祖母と孫ほどの開きがある。

幸い姫巫女は儀式で力を使い果たし、現在は後宮で療養中だという。術者が臥せっているなら、軍神の動きも鈍い筈だ。

「ことを起こすなら今が好機というわけだな」

緋皇は細作を労い、引き続き蒼に潜伏するよう命じた。人払いをしているため、室内にはシシと緋皇のふたりだけが残る。

「東国の姫との婚姻は、強固な繋がりを求めた故でしょうね」

「蒼だけではなく東国も相手とはな。さて陛下、人の身では神に勝てぬぞ」

深刻な口調だが、シシはどこか嬉しそうだ。宮殿にこもっているよりも、馬に乗って戦うのが心底性に合っているらしい。

緋獅族の中では冷徹で通っている緋皇とて、戦に血が沸き立つのは同じだった。

「神に勝てぬなら、こちらも神を召喚ぶまで。早急に人足を集め、祈祷殿の建設を」

祈祷殿は邪を祓う桃の木で建設する予定だ。そこへ神を下ろすのだが、人が神とともにあった神代ならいざ知らず、今の世で果たして神は応えてくれるだろうか。

緋皇のことばにシシは嘆息した。

「人足はなんとかなるとしても、呪術師がな……。儂の婆様が生きていりゃ良かったんだが」

「呪術師イシュカ様ですね。確かにあの御方は本物の呪術師でした。俺のような名ばかりの神還りとは違う」

「お前には剣や槍があったからな。呪術師として真面目に修行をしてりゃどうだったか」

緋獅族の始祖は女神と契ったと言われている。そのため呪術の能力に恵まれた人間のことを緋獅族の者はリンカと呼んだ。

シシの祖母である呪術師イシュカは視えぬものを視て、聞こえぬ声をよく聞いた。

緋皇は神還りだが、そこまでの能力はない。見えぬものはぼんやりとした影としてしか知覚できないし、聞こえぬ声はただのざわめきにしか感じられない。

祖母にあやかりシシは己の娘にイシカ、と名づけたが、呪術の才能はからっきしだ。その代わり彼女は弓と乗馬の技術が素晴らしく、緋皇でさえ敵わぬほどだった。

娘のことを思い出したらしく、シシが躊躇いがちに訊ねてきた。

「イシカは達者でやっているか？」

イシカは現在緋皇の後宮で暮らしている。炎に来る前は毎日馬に乗って狩りに明け暮れていた娘に後宮暮らしが務まるのか、シシは心配しているらしい。

「ええ、息災ですよ」

「それならいいが……」

口の中でごにょごにょ呟くシシには構わず緋皇は炎帝国の行く末に思いを馳せていた。この帝国はまだ若い。己の統治がまだ行き届いていないのは百も承知だ。だからこそ、ここで終わるわけにはいかないのだった。

（強力な武神が力を貸してくれるといいんだが）

呪術師としては未熟だが、力を尽くすしかない。神妙な緋皇の顔つきを見て、シシは慰めるように言った。

「いざとなりゃこんな宮殿暮らしなんざ捨てて、馬と一緒に逃げ出しゃあいい」

緋皇は答えず木窓を開いた。月の暗い晩、あたりを覆う闇はどこまでも深い。緋皇はぶるりと全身をおののかせた。それを見咎めたシシが、からかうように訊ねてくる。

「どうした緋皇、恐れたか？」

緋皇は笑ってかぶりを振った。シシを見るその目が爛々（らんらん）と輝いている。

「いいえ、武者震いです叔父上。実のところ俺は戦が待ち遠しい。馬を駆り、槍を振るいたい」

「俺に言われたくないだろうが、おまえも大概血が濃いな」

緋獅族の中で緋皇は少し異質だ。書物を読むのは緋皇だけである。戦好きなのは緋獅族の特徴なので、シシは喜んでいるらしい。

「蒼王ではないが、おまえも妃を迎えるべきよな。子でも成せば少しは落ち着くだろうに」

にやけるシシに、そうですねと緋皇は答えた。途端、相手が身を乗り出してくる。

「おい、まさか後宮に気になる女でもできたのか？　それとも女官か」

「いえ……」

叔父のことばを緋皇はほとんど聞いていなかった。祈祷殿の建設、蒼と戦になれば兵糧の確保も必要だ。考えるべきことは山ほどある。

矢継ぎ早に繰り出される質問に生返事で答えながら、緋皇は窓の外へと目を向ける。

そこには、星ひとつ瞬かぬ冷たい夜空が広がるばかりだった。

一

そよ風が梢（こずえ）を揺らすのをぼんやり眺めていると、仙女（せんにょ）が泉の岸辺に舞い降りた。その手には神酒を満たした瓢箪（ひょうたん）を抱えている。

パチリと指を鳴らすと、艶やかな黒髪を肩で揃えた童子（どうし）が現れた。神使（しんし）のシエンだ。手に杯を持っている。心得た仙女が杯に神酒を注いでくれた。

「ありがとう、麻姑（マコ）ちゃん。こんな格好でごめんね」

全裸で腰から下は霊泉に浸かったまま、彼は濡れた白い髪をかきあげる。老人の白髪とは違い、陽に透けて内側から煌めくのは神ゆえだ。

ややつり気味の切れ長の目、通った鼻筋、花のような唇。美しい女神を見慣れている仙女でさえ、一瞬見惚れる美貌である。しかも今は一糸纏わぬ裸身を晒していた。

仙女は微かに頬を染めた。

「いえ、私こそお寛ぎ中のところ申し訳ありません」

神はニコリと笑って杯に口をつける。霊芝（れいし）の芳香が鼻腔を抜け、思わずほうと息が漏れた。相変わらず舌が蕩（とろ）けそうな美酒である。

「ああ、今度のも素晴らしい出来だね。蟠桃宴会（ばんとうえんかい）にぴったりじゃないか」

仙女に目線で促すと、ふたたび杯を満たしてくれた。

「はい、瑤池金母（ようちおうぼ）様にも千年ぶりの出来だとお墨付きを頂けました」

「今年は桃の出来も良かったみたいだし良い会になりそうだね」

ふたたび神酒を飲み干すと、侍っていたシエンは杯ごとその姿を消した。相変わらず愛想のないことだ。

「近頃は現世が何やらきな臭いので、天界だけでも泰平でありたいものですわ」

仙女が言うとおり、近頃下界ではあちこちで戦が起きている。岸辺に咲いていた芍薬の花を摘み取りながら、神は思わずぼやいた。

「まもなく大きな戦が起きる筈だよ。飽きもせず、まあよくやるね。人間は数が増えすぎたのかもしれないなあ」

「大戦でまた多くの命が喪われますわね。それで少しは落ち着くといいのですけれど」

「そうだねえ……」

人間という種は面白い。彼らは文字やことばを操り、創造し、愛し合い殺し合う。すこし、他の生き物たちとは違う気がする。

（天主様が己に似せて造っただけのことはあるのかな？）

そのせいなのだろうか、似せたのは見た目だけとはいえ人間びいきの神は多い。

（人間かあ……そりゃ僕だって嫌いじゃないけど）

地上のことは天界からチラリと覗き見るくらいだが、彼らが興味深いことは確かだ。

岸辺に咲いていた水仙を手折る。白い花をくるくると弄んでいると、そう言えば、と仙女が口を開いた。

「戦で大勢死ぬせいか、冥界は今人手不足だそうですよ。九天玄女様のところへ阿傍羅刹より使者が来ていました。天主様は何かおっしゃっていましたか？」

「ああ、それが——」

答えようとした刹那、視界が白く染まった。眩しさにぎゅっと目を閉じる。

神の目を眩ませるほどの現象など、二千年生きてきて初めてだ。いったい何が起きたのだろうか。

（どこかの龍が誤って雷を吐き出したとか？）

近くに控えている筈の仙女に声をかけようとして、ふと違和感を覚えた。

「……あれ？」

閉じていた瞼を開いて周囲を確かめる。そこには生い茂る木々も草花もなく、さきほどまで浸かっていた霊泉もなかった。それどころか、天界ですらない。

おお、と地鳴りのような響きが鼓膜を揺らした。ぱちぱちと両目を瞬いてみる。

いつのまにかどこかの建造物の中だった。壁も床も木でできており、見上げるほどに天井が高い。近くに設置されているのは何かの祭壇のようだ。

（桃の木……邪気祓いのためか。そういえば壁も床も清められている。ここは、祈祷殿か何かかな）

三十人ばかりの人間たちがじっとこちらを見つめていた。黒い装束に身を包み、手にはそれぞれ武器を持っている。

（兵士……人間がいるってことは、ここ現世だよね？）

彼らはいったいどこから現れたのだろう。床に視線を向けると、若い羊の血で召喚陣が書かれている。薫きしめられた香木、皿に盛られた米、酒で満たされた甕。神下ろしの儀式だ。どうやら己は強制召喚されたらしい。

「えっと……？」

手にした武器をとり落とし、兵士たちが次々とその場に倒れてゆく。人の身でまともに神の気を浴びたのだから当然だ。

（少し気を抑えてあげないと。あれ、でも……）

全員が床に倒れている中、ひとりだけ立っている男がいた。仙人どころか道士でもない、何の修行も積んでいない普通の人間だ。

（ってことは、精神力だけで僕の気に耐えているわけ？　嘘でしょ）

驚いてまじまじと相手を見た。

「おまえ……」

若い男だ。ひとりだけ赤と金の豪奢な衣服に身を包み、その襟には獣の毛があしらわれていた。燃えるような赤い髪と薄灰色の瞳を持ち肌は陽に焼けて浅黒い。人間にしてはなかなかの美丈夫である。

男からは白檀と石灰の匂いがした。どちらも神下ろしの儀式で使用するものだ。

(ふうん、この男が召喚者なのか)

男は血走った目でこちらを凝視し、全身をおこりのように震わせている。神の視線に気がついて、何かを訴えようと口を開いた。その瞬間、男の鼻から勢い良く血が噴き出し、その場でがくりと膝を折った。人の身では神気の負荷に耐えられなかったせいだろう。

「あ、忘れてた」

振りまいていた神気を抑え神通力で男を支えようとして、ハタと気がついた。

いつもは衣に包まれている真っ白い腕が剥き出しだ。いや、それどころか——肩も胸も腹も、尻まで丸見えの全裸である。さきほどまで水浴びをしていたのだから当然だ。

「わあああああ!」

半泣きでその場にへたり込む。羞恥心から両手で顔を覆っていると、頭上からやけに冷静な声がした。

「処女神じゃあるまいし、人間たちに裸を見られたくらいで大袈裟ですね」

「シ、シエン……っ」

「はい、お呼びでしょうか主様」

涼しい顔で答えるシエンは、ばっちり一張羅を着込んでいる。慣れない場所に不安を覚え、無意識のうちに己の神使を呼び寄せていたようだ。つい全力で叫んでいた。

「何それ、自分ばっかりいい格好してー！」

「服を引っ張るの止めてください。いい加減にしないと皆さん呆れていますよ」

　ハッとして背後を振り向く。気を抑えたため、意識を取り戻した人々が、ぽかんと口を開いてこちらを見ていた。神は両腕で己の膝を抱き、長い髪で裸身を隠す。じわりと涙が滲んできた。

「こんなの酷いよお……」

　兵士たちがどよめく。現れた神がこの調子で、きっと困惑しているのだろう。皆遠巻きに眺める中、ひとりの男が果敢にもこちらに近寄ってきた。赤い髪の男、召喚者だ。

　男は神の数歩手前で足を止め、その場に恭(うやうや)しく跪いた。

「我が神よ、何か不手際があったのだとしたら申し訳ありません。我が召喚に応じてくださり心より感謝いたします。私はこの『炎(イエン)』帝国の皇帝 緋皇(フェイホアン)と申します」

「……ッ」

　八つ当たり気味に男を睨みつける。傍に控えていたシエンがうんざりした様子で言った。

「謝ってくれているのに何が不満なんですか。そもそも何が酷いって言うんです？」

　肌を隠していたのも忘れ、つい立ち上がった。

「だって僕、いつか人間に召喚される時を、二千年のあいだずっと楽しみにしてたんだよ！　天の衣だって百年ごとに新調してたし登場する時の格好良い台詞(せりふ)だって考えてた！

それなのに、なのに……こんなのってないよ……」

言いながら段々声が震えてくる。なるほど、とシエンは頷いて己の主を見下ろした。

「いざ召喚されてみたら夢に描いていたのとは違い素っ裸で、格好良い台詞も言えず、残念でしたね」

改めて言い渡されるとグサリときた。

「もう嫌だー！　召喚のやり直しを要求する！」

「今さらやり直したところで、威厳ゼロでしょうが」

往生際（おうじょうぎわ）悪く喚（わめ）く主へ、神使はあっさりと言い切った。「そうですよね？」とさきほど緋皇と名乗った人間へ話を振る。

「あ、いえ……大変お綺麗でいらっしゃると……」

裸の胸や腰のあたりを一瞥し、緋皇は顔を赤らめた。シエンは無表情で頷いた。

「良かったですね、褒められていますよ」

「シエンの馬鹿ー！」

全力で神使を罵倒（ばとう）する。シエンはハアと溜息を吐いた。

「そんなことよりいい加減服を着たらどうですか。天の衣、新調したんでしょう？」

「あ、そうだった……！」

力を使えば一瞬で着衣は済むのだ。

　ふわ、と長い髪が舞い上がり、次の瞬間には美しい天の衣をまとっていた。天蚕の糸で織られた正絹で、腰までは輝くばかりの純白、裾に向かって虹色を帯びており、裾や袂には瑠璃で染めた青い糸で刺繍が施されていた。足首まで届く長い髪は三つ編みにして、肩から垂らす。

「良いじゃないですか。あとは格好良い台詞を言えばバッチリですよ」

　シエンのことばに頷いて、改めて人間たちに向き直る。だがそこには唖然としている人々がいた。中には腰を抜かしているものまでいる。あれ、と神は首を傾げた。

「どうしようシエン、この衣何か駄目だったかな。でもあんまり今風にしちゃうと千年後なんかはともかく、百年後とか絶妙にダサくなっちゃうし……」

「別に、百年後のことなんか考えなくても良いでしょうに」

　聞き捨てならず、神使にきっぱり反論する。

「駄目だよ、ダメダメ！　神下ろしの儀なんか成功したら、絶対に後世に残っちゃうから！　絵とか壁画とかで千年も二千年も語り継がれるんだよ!?」

「はあ……では違う衣に替えられては？」

「やっぱりそのほうが良いよね。うーん、白ってのが駄目だったのかな。赤がいいかな？　でも僕赤ってあんまり似合わないんだよねえ。黒は論外だし、よもぎ色？　それともすみれ色がいいかな？」

悩みながら衣を次々と変えてゆく。すると人々からわあっと歓声が上がった。神だ、と口々に囁く声がさざなみのように広がってゆく。

「神に決まってるでしょうが。儀式までして僕を喚んだくせに何を言ってるの」

「いきなり裸で現れた上に泣き出されたら、神かどうか不安になるのも道理では……」

シエンに文句を言いかけたところで、傍にいた緋皇が割り込んできた。

「神、どのお召し物もお美しく、大変似合っていらっしゃいます。我ら人の身からすれば、どれも天上の美であります」

「ふーん、そう？　なんだおまえ、人間のくせに見る目があるね」

美丈夫に熱烈な眼差しで見つめられ、悪い気はしなかった。男でも女でも神とは美しいものが好きなのである。

「それで、僕を呼び出しておまえたちはどうするつもりなの？」

男は真っ直ぐな眼差しを向けてきた。

「慈悲(じひ)深き神にお願い申し上げます。どうか、我らに御身(おんみ)の加護をお授けください。蒼国(ツァン)の軍神を退(しりぞ)けて頂きたいのです」

「それは無理な願いですね」

主人が答えるより先に、神使のシエンが断言した。愕然(がくぜん)とする人々に素っ気なく続ける。

「この御方は正真正銘神ですが、戦うことはできません。できることと言ったら枯れ木に花を咲かせるくらいで」

「お花、綺麗だよねえ」

ニコニコ笑う主人を指差しシエンは言い放った。

「ご覧の通り、はっきり言ってポンコツ神なので、軍神を相手にするなど以ての外です」

「シエン、おまえ本当に僕の神使!?」

「……というわけで悪いのですが、他を当たってください」

酷い言い草ではあるものの、シエンのことばは真実なのだ。

人々の失望がひしひしと肌に伝わってくる。彼らを哀れだとは思うが仕方がなかった。

「おまえたち、神は万能だと思ってるかもしれないけれど、全知全能の神は天主のみだ。どんな神であれ、それぞれ理に従って存在している。シエンの言う通り、僕に戦神は務まらないよ」

項垂れる人間たちの中で、緋皇だけは真っ直ぐこちらを見据えていた。

「他を当たるにも、今回の召喚で私はすべての力を使い果たしました。新しい神下ろしの儀はもう不可能なのです。戦って頂かなくとも構いません。どうか我らに御力をお貸しください」

薄灰色の瞳は、苛烈な光を湛えている。人間にしては強い目だ。嫌いではないが緋皇の申し出に応じる気にはなれない。

「そんなこと言われてもねえ。強き者が弱き者を食らうのは、この世の理でしょう。おまえたちの炎帝国が他国の軍神に滅ぼされるのだとしたら、それがおまえたちの運命なんじゃないの」

緋皇は静かに立ち上がった。おや、と思う間もなくその距離を詰められる。

（わあ、僕より背が高いなんて珍しい。他の人間はこんなに大きくないのにね）

息が触れそうな距離で瞳を覗き込まれ、ハッとした。

「おまえ……」

シエンが表情を硬くする。王だか皇帝だか知らないが、所詮は人の身だ。赦しなく神に触れたら許さない、そう神使の目は言っている。

ここで神が一言でも命じれば、術で緋皇を焼き尽くすつもりだろう。そんなことなど露知らず、人間は神の手を取った。

「麗しき神よ、どうか私の妃になってくださいませんか」

「へっ!?」

予想外のことばに思わず目を白黒させる。シエンなどぽかんと口を開けていた。緋皇以外の人間たちも似たような表情だ。

「妃って、僕男神だけど？」

首を傾げて念を押すと緋皇も同じように首を傾げた。今更何をとでも言いたげだ。

「存じております」

しん、とあたりが静まり返る。

神はしばらく耐えたが、どうにも堪えきれなくなった。一度吹き出してしまうともう駄目だ。笑って笑って、腹が痛むほど笑い尽くした。

この男は自分が何を望んでいるのか、本当にわかっているのだろうか。男の鼻には無造作に拭われた血の跡がまだ残っていた。

ただ目の前に立つことさえままならぬ相手に求婚するとは——ここまでの愚か者は三界中探しても滅多に見つけられないだろう。

「蝶が鳥と番えないのはわかるよね。人間の身に神の気は耐えられないよ。おまえが死んだらこの帝国はどうなる？」

「神の気は……死ぬ気で耐えてみせます。それにもし私が死ねばその後を継ぐ者が現れるでしょう。人間はいつか必ず死ぬのですから、後継者が現れなければ炎は滅びるだけ。それが運命だと言うのならば是非もないことかと」

「運命って、それさっき僕が言ったよね」

はあと思わず息を吐く。何故か堂々巡りになってしまった。シエンは我関せずだし、緋皇はひたむきな眼差しで静かにこちらを見つめている。

「我が神、どうか御名をお聞かせ頂けませんか」

うーん、と言い淀んでいると、周囲を見回し緋皇が言った。

「人払いを致しましょうか。それともやはり一介の人間には明かせぬものなのでしょうか」

「違う違う。名を明かせないんじゃなくて、実は僕、名前がないんだよねぇ」

「それは――」

絶句する緋皇に、シエンは確かにと頷いた。

「私たちは主様とお呼びしていますし」

「そうそう今まで名前なんて必要なかったからね。そうだ、おまえが僕の名前つけてよ」

神に名付けよ、と命じられて緋皇は明らかに怯んだ顔をした。それをつぶさに眺めながら意地悪く付け足した。

「もし僕がその名を気に入ったら、おまえの望みを叶えてあげる」

どうせ神下ろしの儀式で召喚された神は、召喚者の望みを何かひとつは叶えなければ天界に帰れない。緋皇がぶるり、とその身を震わせる。掠れた声で炎の皇帝は言った。

「気に入らなかったら……？」

「そうだなあ、おまえの魂でも貰おうかな。別に欲しいわけじゃないけど、僕が欲しいなら相応のものを賭けなきゃ駄目でしょう」

「私の魂など、御髪（おぐし）一本にも値しないと思いますが……わかりました」

先ほどは身をおののかせていたくせに、声も目も強さを失ってはいない。単なる思いつきで言ったことだったが、ちょっとだけワクワクしてきた。

「うちの主は、ま一た思いつきでとんでもないことを……天主様に叱られても知りませんよ」

頭が痛むのか、シエンがこめかみを揉みながらぼやいた。

「ふふ、良いから良いから」

上機嫌で笑う神をじっと見つめてから、緋皇は拱手した。

「もう決まったの？　じゃあ、さっそく聞かせて貰おうかな」

頷くと、緋皇は躊躇うことなく口を開いた。

「花神(フゥアシエン)は如何(いかが)でしょうか」

「花神……ふうん、安易と言えば安易だけど」

あたりは耳が痛むほどの沈黙が満ち、緋皇の弾む息まで聞き取ることができた。さすが皇帝だけあって、彼から怯えは感じられない。

(いっそ僕に殺されるなら本望……ってことなのかな？)

悠久を生きる神々とは違い、人間の生には限りがある。短いゆえ貴重な命を、たった今現れたばかりの神にすべて捧げるつもりなのか。

(面白い子だ。もうちょっと見てたいかも)

勿体(もったい)ぶるつもりはない。固唾(かたず)を呑んでこちらを見つめる人々に向かって、頷いてみせた。

「花神ね、なかなか良いかもしれない。気に入ったよ」

そのことばを以て、花神は真名となった。神使のシエンがさっそく「花神様」と呼ぶので
それにも頷いてみせる。

狂喜乱舞するかと思った緋皇は、どこかぼうっとした顔でじっと花神を見つめていた。

瞳を弓なりに細め、花神は微笑んだ。日に焼けた緋皇の両頬をそっと掌で包み込む。

「おまえいくつになるの？」

耳元で囁くと緋皇は陶然とした様子で答えた。

「二十六になります、花神様」

天寿を全うしたとしても、あと数十年の命だ。神にとってそれは瞬きの間よりも短い。

そのあいだちょっと現世で暮らすのも悪くないだろう。花神は笑った。

「ふふ、いいよ、おまえの妃になってやろう」

所詮かりそめの婚姻だ。相手は皇帝だから、民の前で式を挙げるくらいのことはして
やってもいい。

緋皇がびくりと全身をおののかせた。感極まったのか、両の目にみるみる涙が盛り上
がってくる。緋皇はその場で跪くと、花神の爪先に何度も口付けた。相手が神である故か、
それを眺める臣下たちに動揺は見られない。正直大変いい気分だ。

これで一件落着かと思いきや、問題が残っていた。神使が頭をかきむしっている。

「ああもう、どうするんですか！　まさかこんな……、天主様になんとお伝えすればいいのか……」

途方に暮れた様子のシエンに対し、どこまでも呑気に答える。

「ん？　うーん、大丈夫じゃないかな。だってホラ、こいつ混じってるもん」

シエンに見せてやろうと花神は緋皇の首を強引に捻った。敵意のこもったシエンの眼差しが、同情寄りに変わってゆく。

神を娶ろうなど緋皇は不遜な人間だ。しかし花神に振り回される未来が見えたのだろう。

「我が想いを受け入れてくださってありがとうございます。ちなみに混じっているとは、なんのことでしょうか？」

「神の血。おまえの遠い祖先に神がいるみたいだね」

ふいに堂々とした歌声が祈祷殿に響き渡った。見れば赤毛の大男が歌っている。兵士たちの中からそれに続くものが何人も現れた。

歌は独特の節を持ち、どちらかといえば詩に近い。

ある時、女神が人間の男と恋に落ちる。女神の父神はそれを許せず、男に対しある賭けを持ちかけた。賭けに勝てば娘との婚姻を認めると言われ、罠と知りつつ男は了承する。

男は一組の弓矢を渡され、赤い獅子を射殺すよう告げられた。赤獅子は神獣だ。弓一本で殺せるわけがない。だが女神の助力もあり男は見事獅子を討った。

女神と男は結ばれるが、赤獅子の呪いで男はまもなく死んでしまう。残された女神は嘆き悲しむが、男の子を身籠（みご）っていることに気がついた。女神が生み落とした赤子は、獅子と同じ赤毛であったという。

歌が終わり祈祷殿が静まり返る。緋皇が言った。

「それは緋獅族起源の歌ですね、叔父上」

歌声を披露したばかりの大男が頷いた。

「こんなものただの歌かと思っていたが、どうやら真実だったらしいな」

男は花神の前で跪き、そのこうべを垂れた。

「儂は緋皇の叔父、炎帝国軍大将軍（たいしょうぐん）のシシと申します。我が命、今この時より御身のもの。なんなりとお申し付けください」

「我が夫の叔父ならば、我の叔父と同じこと。今まで同様、夫を支え尽力せよ」

シシは拱手して立ち上がった。そのやりとりを眺めていた緋皇は感極まった様子で叫ぶ。

「我が夫……！　なんという極上の調べ……！」

からかうような笑みを浮かべる花神を見て、緋皇はハッと居住まいを正した。誤魔化すように軽く咳払いをしてみせる。

「今宵（こよい）婚姻の宴を開くので、ご参加賜（たまわ）りますようお願い申し上げます」

「僕、宴大好き。楽しみにしているね～」

すぐに緋皇が侍中を呼んだ。すぐに若者が飛んできて、緋皇の指示を仰いでいる。

祈祷殿から皇帝の寝所へと案内され、宴の準備が整うのを待つ。

絹の敷布が敷かれた寝台に横たわり花神はぐぐっと大きく伸びをした。まるで自宅のような寛ぎようにシエンはすっかり呆れ顔だ。

「まさか現世で結婚することになるなんてねー。びっくりだよ」

「びっくりしたのはこっちですよ。主様、以前西方の武神に言い寄られて迷惑していたじゃありませんか。どういう心境の変化ですか」

「うーん、武神君はグイグイ来すぎというか、上から目線が好きじゃなかったというか……」

「そりゃ相手は人間ですから崇拝するでしょうよ。主様は腐っても神ですからね！」

「腐ってもって……」

シエンは今すぐにでも天界へ飛んで行ってしまいそうに憤慨している。だが今は花神が使役しているので勝手に戻ることはできない。

「主様が無茶をして天主様に怒られるのは自業自得。けれど、私まで叱られるのはごめんですからね！」

「大丈夫だってば～。もし怒られそうになった時は、シエンは悪くないって取りなしてあげるからさあ」

はあ、とシエンが溜息を吐く。

花神は寝台から起き上がると改めて寝所を探検し始めた。とは言っても、広い部屋に寝台が置いてあるだけだ。掛け軸も壺も玉(ぎょく)もない。どうやら緋皇は華美(かび)なものをあまり好まないらしい。

「我が夫は富に執着する性質(たち)ではないみたいだね」

「そういうところが好ましいのですか？」

気が乗らない様子ではあるものの、一応話し相手にはなってくれるらしい。シエンの問いに花神は小首を傾げた。

「いやあ、別に？　欲が深いのも人間らしくて僕は嫌いじゃないよ。あ、でも、そう考えると神をお嫁に望むなんて意外と強欲だよね、あの子」

「……左様で」

「自分で訊ねておきながら舌打ちしないでくれる？」

三界中を探しても、これだけ主に対し辛辣(しんらつ)な神使を持つ神は自分だけかもしれない。

それから一刻後、花神は侍中に呼ばれ宴へ向かった。緋皇は既に広間にいるらしい。

シエンは霊体となった上で花神についてきた。人の姿で現世に現れるのは力を消耗するので是非もない。

広間には兵士の姿はなく、そのかわり美しく着飾った高官や貴族たちがいた。急に決まった宴会にしては、多くの人々が集まったようだ。

緋皇はさきほどとは違う、藍色の着物に身を包み、頭には礼冠を被っていた。花を象った金具には瑪瑙と翡翠がはめ込まれ煌びやかだ。

食卓には湯気を立てた大量の料理が並べられている。クロキビを醸造した神酒は甕になみなみと満たされ、川魚を香草と醬で和えた冷菜、葱とつみれの湯、羊と野菜の羹、そしてなんと言っても目を惹かれるのが焼猪——子豚の丸焼きだ。

「これから祝言をするの？」

花神のことばに緋皇は顔を赤らめた。

「是。祝言は、一月かけて行います。栄帝国の風習に倣っておりますので、本来であれば私の実家に来て頂くところなのですが、緋獅族は家を持ちません。ですから、こちらで」

「そう」

天界に住む者が宴を開けば数年、時には数百年にも及ぶことがある。それを考えれば一月などあっというまだ。

緋皇に手を引かれ、広間の奥へと導かれる。二人がけの椅子に腰を下ろすと、窓の外に灯篭に照らされた美しい園庭が見えた。

神酒の注がれた杯を掲げ持ち、緋皇は集まった人々に向けて言った。

「今日この日、余炎帝国皇帝緋皇は、ここにおわします花神様と婚姻したことを宣誓する。

余の愛は永久(とこしえ)にて、この肉体滅びようとも魂魄(こんぱく)となりて花神様のもとへと還らんとす」

緋皇は懐から小刀を取り出すと、己の親指を浅く切りつけた。傷口からあふれた血を、杯へと一滴垂らす。そして緋皇は己の妻へとそれを渡した。

（うーん、コレわかっててやってるのかなあ？）

神酒に垂らされた一滴の血。背後で霊体のシエンが騒いでいたが、躊躇したのは一瞬だった。花神は一息に杯を飲み干した。

新しく神酒を注ぎ直された杯に、花神はそっと手を翳す。刀で切りつけたわけでもないのに白く細い指の先から一滴の血が滴った。緋皇があっと声を漏らす。

「汝我(なんじ)が夫となるのを許す。今この時より我汝の還る処なり」

花神がそっと杯を返すと、緋皇は震える指で受け取った。そして躊躇うことなくこちらも一息で杯を空にする。

『ちょっと何やってるんですか、主様!?』

『耳元でうるさいよ、シエン』

霊体のシエンに対し、念話で返事をする。狼狽(うろた)えたシエンが霊体のまま掴みかかってくるが花神は涼しい顔で受け流した。

『一体全体、何を考えているんですか！　現世での疑似婚姻だけならまだしも、神使の契約まで……ッ』

『ちょっと、落ち着きなさいって。神使になるにはまず仙人にならなきゃだから、今すぐどうこうって話じゃないし。修行して駄目だったとしても神使の契約を切ればいいだけだもん。あの子が見事仙人になれた暁には神使が増えてシエンの負担だって減るでしょう？』

『うう……三界一落ち着きのない御方に落ち着けと言われる屈辱……！　そういうことなら、まあ良いでしょう。これだけ血みどろな人間が仙になれるとは思えませんしね』

　シエンは勝手に納得しているが、花神の考えはまた違う。

　武神の中には人間から神へと祀られるものも多いのだ。緋皇がそうなれるかどうかは不明だが、可能性としては十分あり得る。

　新たに注がれた白酒を啜りながら、花神はシエンにわからぬよう微笑んだ。

　己の神使が言うように、緋皇は数多の血で穢れている。殺した人間の数も、百人では下らなさそうだ。しかし、その魂は不思議と清浄であった。

（神の血を引いているとはいえ、変わった子だよね）

　始祖が半神であると言っても、その血はかなり薄まっている。これは一族の特徴というよりも緋皇自身の特質であろう。

　シエンは人間の魂までは覗けないので気がついていない。

「花神様、何かご所望のものはございますか？」

ふと緋皇に訊ねられた。酒を飲んでばかりで料理に口をつけていない花神を、気遣ってくれたらしい。

「気にしてくれてありがとう。でも僕はね、おまえたちみたいに食事は必要ないんだよ。朝露やら霞なんかで生きてるから。果実なんかをたまに口にすることはあるけれど」

花神の答えに緋皇は感嘆した様子で目をしばたたいた。

「ああ、それはなんと……。それでは、酒は如何ですか？」

「ありがとう、お酒は大好きー。神様は皆お酒が大好きなんだから」

好きは好きだが、花神はさして酒に強くない。婚姻の儀式で用いた神酒一杯、さきほど与えられた白酒一杯で既にほろ酔い加減である。

まっすぐ座っているのも億劫で、花神は隣に座る緋皇にしなだれかかった。はっきりと唾を飲む音がここまで届く。

「ではもう一杯召し上がりませんか」

純粋な親切心からなのか、それとも下心があってのことか緋皇が酒を勧めてくる。

背後でシエンが『もうそのくらいにしておいたほうが……』と忠告してくるのを無視し、花神は杯を差し出した。

「花神様、どうぞ」

「えへへ、ありがとう」

女中ではなく、皇帝自ら注いだ酒を飲む。緋皇が花神に心酔しているせいもあるのか、素晴らしい甘露だ。仙女の仕込んだ神酒に勝るとも劣らない。全身がふわふわして、まるで宙に浮いているような気分だ。

堪りかねた様子でシエンが言った。

『主様……花神様！　本当に飲み過ぎですって』

「もう、大丈夫だってば。こんなの全然なんともないもん」

「なんともなくないから止めているんです！」

悲鳴じみたシエンの声に花神はぱちりと目を開いた。

皆がこちらを見上げている。いつのまにか宙に浮いてしまっていたようだ。

「あれ？」

視線の先には青ざめた緋皇の顔があり、恐る恐る振り向くと食卓の上にあった食器や酒器はすべて宙に浮き、頭に食用花である槐花や牡丹をのせた子豚がジタバタともがくのが見えた。

「丸焼きにした子豚さん、生き返っちゃった？」

「生き返っちゃったじゃありませんよ！　いつまでも浮いていないで降りて来てください」

神使に叱責され花神は素直に床へと降りようとした。しかし酔っているためか、誤ってそのまま落下しそうになる。

咄嗟に緋皇が腕を伸ばし、花神を抱きとめてくれた。見た目よりもがっしりとした腕と胸に、軽い驚きを覚える。

「ありがとう、助かった」

「花神様に何事もなくて良かったです」

よほど肝が冷えたのか、緋皇がぎゅうと抱きしめる腕に力を込める。ふふ、と思わず笑った瞬間、冷たい視線が突き刺さった。霊体化を解いたシエンだ。

「ご夫婦仲睦まじくて結構ですが、まずこの惨状をどうにかしてください」

「へ？」

床は落ちた料理と割れた器でぐちゃぐちゃ、その料理を子豚が一心不乱に貪っている。一張羅を酒や料理で汚され呆然と佇む者、花神の力を目の当たりにして腰を抜かしている者、騒ぎを聞いて駆けつけた兵士も途方に暮れているのが見えた。

「わあ、ごめんごめん！　今僕が全部元どおりに……ッ」

焦って術を使おうとしたせいで、まだ卓に残っていた皿や壺もすべて床に落ちてしまう。

「……被害を広げてどうするんですか」

シエンに叱責され、花神は悲しくなって項垂れた。そう言えばここに召喚された時も酒が入った状態だったことを思い出す。酩酊（めいてい）してもしばらくすれば酒は抜けるので、自分の酒癖が悪いことに今の今まで気がついていなかった。

（これからは気をつけよう）

せっかくの祝言、せっかくの宴を台無しにされて緋皇もきっと怒っているだろう。そっと隣を盗み見ると、緋皇はすぐに花神の視線に気がついた。

「お許しください花神様。酒精に酔うお姿があまりにも可憐で、つい酒を勧めすぎてしまいました」

跪き許しを請われ、花神は慌てて緋皇を立たせた。シエンに止められていたのに調子に乗って深酒したのは自分だ。

「僕が悪いのに謝らないでよ。ええと……せめてあの子豚を元の丸焼きに戻そうか」

床に落ちた料理を汚く食べ散らかしている子豚に女官が悲鳴を上げている。子豚に手を翳したところで緋皇に優しく手を握られた。そのまま指先に口付けられる。

「僥倖にも花神様の加護を受けた子豚です。もし叶うのであればどうかそのままに。大事に育てましょう」

一度死んだものを生き返らせるのは理に反する。たとえば人間の為政者の寿命を徒に弄れば後々の歴史が変わりかねないのだ。しかし子豚一匹の命。自然の摂理には反するが歴史という観点からは大きな問題はないだろう。花神は頷いた。

「わかった。じゃああの子はあのまま育ててあげて」

「ありがとうございます、花神様」

奉公人たちが広間を片付けるのを尻目に、花神は緋皇とともに寝所へと向かう。

家来たちを下がらせふたりだけで回廊を進みながら緋皇はことばすくなかった。横顔が強張っているところを見ると緊張しているらしい。

『一応初夜ですからね。私は失礼します』

いつのまにか霊体に戻っていたシエンは、それだけ告げるとどこかへ消えた。気配を探れば所在地はわかるので、花神は好きにさせてやる。

そうか、確かに今宵は初夜だ。緋皇が緊張しているのはそのせいなのだろうか。

（さすがに神相手は初めてだろうけど、皇帝って後宮に側室を数百人単位で囲ってるんだよね？　ここまで緊張するものかなあ）

寝所に到着すると、緋皇は改めて花神と向き合った。

「花神様、湯浴みをされますか？」

「召喚される前、水浴びをしていたから大丈夫だよ。それに僕たち神は人間と違ってあんまり汚れないんだ」

正確に言うと汚れても神通力を使えば元の状態に戻る。湯浴みや水浴びをするのは娯楽の一種でもあった。硬い表情で緋皇は言った。

「こちらへ」

さきほど花神が寝転がった寝台を素通りし、さらに奥の部屋へと入る。部屋の中央に大きな寝台が置かれ、天蓋から幾重にも布が垂れ下がっていた。

花神が五人でも六人でも並んで寝転がれる大きさだ。随分と寝心地が良さそうで見ているだけで欠伸が出る。

天の衣を消し、いつもの夜着姿になった。

「花神様。そのお姿は……」

「え、変かな？　僕寝る時はいつもこの格好だけど」

緋皇の慌てた様子に花神は己の身体を見下ろした。

極限まで着心地を重視した夜着は、ほとんどまとっていないのも同じで、薄布越しに乳首も陰部も露わになっている。

緋皇は食い入るように花神を見つめていたかと思えば、視線を逸らした。そのくせ、どうしても気になるのか、チラチラと何度もこちらへ目を向けてくる。

「あの、花神様は召喚された際、お召し物を着ていらっしゃいませんでしたよね」

「もう！　恥ずかしくなるから思い出させないでよ！」

羞恥心を呼び戻され、花神は顔を真っ赤に染めた。

「今の花神様のお姿は……そのなんと言いますか、裸でいらっしゃるよりも扇情的で……その……」

相手のことばにきょとんとしていると、少し焦れた様子で緋皇は言った。

「ええと……肌が見えすぎて、恥ずかしいと思っていらっしゃるのではないかと」

「肌が見えるとどうして恥ずかしいの？」

不思議に思ったので訊ねると、緋皇はぽかんと口を開いた。

「人間と神の感覚の違いなのかな。ひょっとして人間って肌が見えると恥ずかしいの？」

絶句している緋皇に花神はにっこり微笑んだ。

「神はね、というか僕は肌というか全身のどこを見られても別に恥ずかしくないよ。すべて天主様が造形してくださったものだもん。でも服を着ていないことは恥ずかしい」

「……」

緋皇に肩を掴まれて、寝台に押し倒される。背や後頭部を打ち付けないよう配慮されていたのは、緋皇の優しさだろうか。

「どうしたの、どこか見たいところがある？」

訊ねると緋皇は息を荒くした。人間は激しく動いただけで息を乱すが、彼は今さほど動いてはいないように思う。病にかかっている様子もないし、どうしたのだろうか。

花神が抗うことなくじっとしていると、緋皇が上から覆いかぶさってきた。

髪を撫でられ、その心地よさを享受する。目を閉じると緋皇が微かに息を呑む気配があった。背がしなるほど抱きすくめられ、首筋に顔を埋められた。緋皇の体温が上がり、拍動が激しくなる。

（ひょっとして興奮してるのかな？）

不思議だな、と思う。かつて男神に寝台に引きずり込まれたことがあった。その時は言い知れぬ嫌悪感でいっぱいになったが、今は決して嫌ではない。

（人間は脆弱だから……庇護欲なのかも）

甘えてくる緋皇が健気で可愛い。自分も腕を伸ばし、緋皇の頭を撫でてやった。は、と荒く息を吐き緋皇が言った。

「花神様、どうかこの緋皇にお情けを……」

慈悲を請いながら、緋皇が唇を押し付けてくる。口吸いだ、と思った瞬間、歯列を割って緋皇の舌が口腔内へ入ってきた。

濡れた熱い感触にぎょっとする。顔を背け、軽く緋皇の胸を押し退けると、思いのほか呆気なく相手は引いた。

「何をしているの、おまえ」

優しく訊ねると緋皇は悪戯が見つかった子供のような顔をした。

「初夜の儀です」

「僕は男神だって言ったよね？」

「存じております」

露わになった花神の全身に視線を這わせながら、緋皇は熱っぽく囁いた。ふう、と花神は溜息を吐いた。

「もう、しょうがないなあ」

緋皇と視線を合わせたまま、花神は夜着を脱ぎ捨てた。狂おしく見つめられ、肌を炎で炙られているかと錯覚する。

花神はゆっくり足を開いてやった。

「あのね、見てのとおり僕は男なの。膣がないから、おまえと交尾はできないんだよ」

求婚された時、ちゃんと言い聞かせた筈なのにもう忘れてしまったのだろうか。

緋皇は黙りこくっている。花神はしっかり見せつけるため、腰を持ち上げ尻を振ってやった。男の象徴である陰茎と陰嚢が、ふるりと揺れる。ついでに尻肉を掴み、そこも開く。

「ここは肛門、膣じゃないよ。穴は開いているけど、ここに陰茎を挿入しても子は孕まない。……ねえ、ちゃんと見てる？」

肛門は人間ならば排泄孔だが、神は排泄をしない。本来なくても構わない器官であるが、天主が造ったものなのだから何か意味があるのだろう。

（力のある神なら、ここで孕ませることができるって本当なのかな）

人間である緋皇には関係ない話であるし、そもそも男神同士で番う意味がない。

己の誤りを悟ったのか、緋皇は肩を震わせた。優しく頬を撫でてやってから、花神はわっと声を漏らした。

「どうしたの、これ？」

緋皇の股間が大きく張り詰めている。驚いてそこに手を伸ばすと、緋皇は顔を真っ赤に染めた。

「これはその、花神様のお姿を目の当たりにして……」

言い淀む緋皇を遮り花神は言った。

「ねえ、それもっと僕に見せて！」

花神がせがむと、緋皇は僅かに躊躇（ちゅうちょ）したが黙って衣をはだけてくれた。引き締まった下腹と髪よりも色の濃い下生え、そこからそそり勃つ陰茎が現れる。

花神にも陰茎はついているが、緋皇より色も大きさもやや控えめだ。形も緋皇のほうが傘が張っている。花神のものはあまり括れもなくほぼ真っ直ぐなので、そこも珍しかった。

「ねえこれ触ってもいい？」

緋皇の返事を待たず、花神は指を伸ばしていた。生き物の性器に触れたのは生まれて初めてだ。呻く緋皇に慌てて手を引っ込める。

「ごめん、痛かった？」

「否。痛くはありません。驚いただけで」

言いながら緋皇の指がそっと花神の腰を撫でる。尻の割れ目に這わされた指を掴むと、

相手は瞳をぱちくりさせた。

「どうして僕に触るの？」

「お許しください、花神様。何とぞ、どうか……」

額にじっとり汗が滲んでいる。どれほどの苦痛なのか花神には想像ができない。可哀想（かわいそう）だが花神はきっぱりと言った。

「あのね雄は陽、雌は陰、相反するふたつが調和することで世界は成り立っている。雄同士では交尾しても子は作れないんだよ」

「存じております、我が神。しかしながら西方では男神が子を生んだという話を聞いた覚えがあります」

「へえ、西の神は凄いんだねえ」

クスクス笑いながら花神は軽く緋皇の胸を押した。寝台に倒れこむ緋皇の腿に乗り上げて、その股座（またぐら）へ指を伸ばした。

「凄い、熱くて硬くてビクビクしている」

熱く猛り、先端が濡れている。甘やかすように撫でてやると、緋皇はくっと息を詰めた。整った眉を寄せ、唇を切なくわななかせる。緋皇のそんな様子を観察していると、なんだかくすぐったいようなおかしな気分がこみ上げてきた。

「ね、このまま出していいよ。おまえが出すところを僕に見せて」

耳元で囁くと、緋皇があっと声を漏らした。指先がしとどに濡れる。射精したのかと思ったが、それは大量の先走りだった。

「お放しください、花神様。このままでは御手を汚してしまいます」

緋皇は葛藤している。今にも放埓しそうなところを、花神を穢すまいと耐えているのだ。

ああ、と花神は嘆息した。健気な様子に胸を打たれる。

「ねえ、我慢しないで」

そういえば彼は口吸いを好んでいるようだった。花神は緋皇の唇に己の唇を押し付けた。

薄灰色の瞳が見開かれ、唇がわななく。花神は甘く緋皇の下唇に噛み付いた。

「……！」

呼吸を止め、緋皇は激しく腰を跳ねさせた。瞳が蕩け、短く声を放つ。

人間の雄が絶頂を迎える様子をこんな間近で見たことはなかった。好奇心に駆られるまま花神は緋皇に強請（ねだ）る。

「出して、お願い。僕に見せて」

「く、あ……ッ」

昂（たかぶ）りを弄ぶ手の動きを速める。己がどれだけ残酷なことを強（し）いているか、花神に自覚はなかった。

呻きながら緋皇が腰を前後に振る。女を相手にしている時も、きっと同じように動くのだろう。荒々しい息遣いと激しい動作に、花神はもう少しで手を引っ込めるところだった。

とうに限界を迎えていたらしい緋皇が、ぶるりと背筋を震わせる。次の刹那、花神の手の中に熱い飛沫(しぶき)を吐き出した。

緋皇の表情や、額から流れる汗、昂りの先端から飛び出す白濁液、すべてをつぶさに観察する。あまりにも熱中していたせいで、時が進むのが遅く感じたほどだった。

放出を終えて肩で息をする緋皇の頬にそっと口付ける。

「花神様」

弾む息で名を呼ばれ、視線だけで応えてみせる。軽く手を握ると、子種がにちゃりと音を立てた。なんとも独特の感触、独特の香りである。これを女の胎に注ぐと子ができるのだ。せっかくなので舌を伸ばして味を確かめてみた。

「うえ、酷い味」

顔を顰めると、また寝台に押し倒された。緋皇は無言で花神の汚れた指を舌で清める。

「こんなの舐めたかったの？　人間って変な味が好きなんだね」

指の股に入り込んできた舌がぬるぬる動く。くすぐったくて肩を竦めると、カリと爪を甘噛みされた。

「あっ……」

「花神様、お慕いしております。お情けをください」

首筋に口付けられ、花神は仰け反った。緋皇の必死な表情と破裂しそうな拍動を感じ、何故か全身に震えが走った。

慌てて男の身体を押したが、緋皇は退かなかった。

「花神様は私の妃になってくださったのではないですか」

まるでこちらを射抜くような強い目だ。花神は少々たじろいだ。確かに彼の妃になることを了承した。だがそれは炎帝国の加護を求めてのことだと思っていた。

(でもそれだけじゃなかった)

獣が発情するのは子孫を残すためだ。神と違って現世の生き物たちには寿命がある。人が神を崇拝するのは当然だし、緋皇は召喚者なので花神に執着するのもわかる。しかしそれが何故発情に繋がるのかは不明だった。

(うーん……人間も人間以外の獣も根本的にはあまり変わらないと思っていたけど、実はちょっと違うのかも)

人間の嫁になんかなってしまって、少々軽率だったのではないか。そんな今さらすぎることを花神は考えた。契約は済んでしまったので、すべては後の祭りである。

(まあ、なるようになるか。というか物事ってのはなるようにしかならないものだしね)

眠気はすっかり醒めてしまった。神なんて数千年起きていたかと思えば次の数千年は眠っていたりするものだ。要するにでたらめなのである。

夜着を天の衣に変化させると、緋皇があからさまに残念そうな顔をした。

「勿論、僕はおまえの嫁だ。でも今日は召喚されたばかりで疲れちゃった」

いきなり現世に呼び出され、目まぐるしい一日だった。その疲れが出たらしい。花神はふわり、と宙に浮き上がり、緋皇に告げた。反論はなかったが、相手の顔にはしっかり不満の色が浮かんでいる。

「おまえが娶ったのは神なんだよ。勝手気ままで我儘なのが神の本質だ。おまえにそれが受け入れられる？」

我ながら質の悪い笑みを浮かべてみせる。緋皇は何かを言いかけて、諦めた様子で視線を伏せた。

「精進いたします」

「うん、頑張ってね。それじゃあ今日は晩安～」

緋皇の返事も待たず、花神は窓の外へと抜け出した。ちらりと背後を振り向くと、寝台の上で悄然とうな垂れた緋皇の背中が目に入る。

宮殿の一番高いところまで登り、炎の都を見下ろした。

それから北東へと視線を向ける。

（強い神気を感じる。あれが緋皇の言っていた軍神か……）

我ながら、シエンに呆れられても仕方がないことをしていると思う。男神のくせに人間の妃になどなって、軍神と対抗しようなど馬鹿げた話だ。

（それにしても、僕が現世に喚ばれるとはね……）

神下ろしの儀式は、求める召喚者とそれに応える神がいることによって成立する。逆に言うと神が応えなければ成立しないものなのだ。

（まさか天主様の仕業じゃないよね？　うーん、そんなわけないか。でもそれだと〝僕が〟現世に用があったってことになるけど……）

我知らずして現世に焦がれていたのか。はたまた何かの因果に巻き込まれたのか。今はまだ花神にもわからない。

（まあいいや。二千年、天界に閉じこもってたんだ。変化があるのは大歓迎！）

夜風が火照った頬に気持ちいい。天界には四季がなく、朝昼晩と天気が変わらないのだ。初めて過ごす現世の夜に神経が昂ぶっているのか、花神は休むこともせず陽が昇るまでずっとそこに佇んでいた。

二

祈祷殿の尖塔に片足だけで立ちながら、花神(フゥアシエン)はじっと炎(イエン)の都を見下ろした。

街の四方に掘られた井戸に早朝から並ぶ人々や、活気ある市場の様子、交代を待つ寝ずの番の兵士や、家々の竈(かまど)から立ち上り始める白煙。

天界に住む花神にはどれも物珍しく映る。誰もが一切の悩みなく幸福である、とは言い難いが、皆それぞれの生を謳歌(おうか)していた。

数日前、召喚された時に人々に言ったことばに偽りはない。強き者が弱き者に代わるのは世の摂理だ。

(ふーん……)

緋皇(フェイホアン)がこの『炎』帝国を護りたいと願う気持ちを、なんとなく理解できるような気がした。

人間、というより生き物はみな、己の生をまっとうするので精一杯だ。その中で緋皇のように他人の生まで引き受けようとする者がいる。それこそ『王』の器なのだろう。

(そしてやっぱり視えないか……)

蒼(ツァン)の国を遠視しようとしても、薄い靄(もや)のようなものがかかっていて上手くいかない。それが軍神のせいなのか、人間の術によるものなのかここからでは花神にもわからなかった。

宮殿内でも女官たちが忙しなく働き出したのを察知し、花神は寝所へと向かう。緋皇は既に起き出していたようで、窓の外からやって来た花神に、緋皇は微笑みかけた。

「おはようございます、花神様」

この数日ですっかり馴染みになったやりとりだ。花神もにこやかに「おはよう」と返してやる。

それから扉を開けて、廊下に控えていた女官を中へ招き入れた。双子の女官で、ひとりが寝台の敷布を変える間、もうひとりは花神の髪を梳かしてくれる。

鏡越しに女官の様子を窺うと、うっとりした顔で象牙の櫛を使っていた。敷布の交換を終えた女官がやって来て、櫛を奪おうとする。

顔だけは微笑みを取り繕ったまま、櫛を取り合いする女官に花神は慌てて言った。

「ふたりで、ふたりでお願い！　僕の髪長いから大変でしょう」

「かしこまりました」

女官たちは同時に答えると、ふたたび陶然とした様子で花神の世話を焼き始めた。窓から差し込む朝陽で、白い髪が真珠のような光沢を放っている。

緋皇が羨ましげに眺めていると、いつのまにか現れたシエンがわけ知り顔で呟いた。

「わかりますよ。確かに花神様は世話の焼き甲斐がありますからね」

「皇帝から女官になるにはどうしたらいいのだろうか」

身支度が終わり、女官たちが朝食を運んできてくれる。女官たちを下がらせたところで花神はシエンと緋皇を食卓に座らせた。

「僕ねえ、ちょっと帝都を探検しに行こうと思って」

盆に盛られた果実をひとつだけ摘みながら、ごくさりげない風を装って花神は言った。

シエンと緋皇がほとんど同時に「否」と答える。

「探検って言葉が悪かったね。ちょっとそのへんをウロウロして、市場を覗いたり……あとは市場を覗いたりするだけだよ」

「何かご入用ですか？　宮殿には色々と蓄えもございますが」

緋皇のことばに花神はかぶりを振った。

「宝物庫探検も楽しそうだけど、僕は人間たちがどんな暮らしをしているのか、見てみたいんだよ。天界から覗いてるだけじゃ細かいところまではわからないんだもの」

シエンは果汁で汚れた花神の口元を布で拭いながら言った。

「現世に不慣れな主様が市場などへ行けば、きっと混乱が起きます。確実に迷子にはなるでしょうね。警邏（けいら）の方々も暇ではないんですよ」

「そうです。花神様のようなお美しい方は必要以上に人目を集めてしまいます。帝都といえど善良な人間ばかりではありません」

花神を慰めるように、緋皇がそっと両手を握る。その手を握り返しながら花神は言った。

「でも僕、おまえの炎帝国を、おまえの民たちをもっとよく知りたい！」

緋皇の口端がぴくりと動く。手応えありだ。

「花神様は皇后（こうごう）なのです。今は蒼との関係も微妙ですし、蒼以外にも炎を狙う敵は多いのです。せめて皇帝と皇后として行啓するのは如何でしょうか。それならば護衛を引き連れて帝都内を巡回することができます」

「そんなのつまんない……じゃなくて息が詰まっちゃうよ。僕は自由にあちこち見て回りたいの」

「しかしですね……」

あともうひと息だろうか。花神はここぞとばかりに詰め寄った。

「シエンも連れて行くから危なくなったらすぐ逃げるし、僕が皇后だってバレないように変装もする！」

「ちょっとちょっと、私を勝手に巻き込まないでください」

文句を言うシエンを無視して、花神は神通力を使った。髪と瞳を黒くして、衣も庶民が着る粗末なものへと変化させる。

「ほらほら、どう？　これなら皇后だってバレないでしょう。完璧な庶民だよ！」

見せかけだけではない、本物の人間への変化だ。自信満々の花神に、シエンは呆れ顔で言った。

「どこにそんな真っ白い肌の庶民がいるんです。髪も指も爪もピカピカで、良くてお忍びの貴族ってところですよ」

神や皇后に見えないなら問題ないではないか。

「主様のことだから、じっとしているのに飽きただけなんでしょう。あまり我が儘を言わないでください」

シエン相手では分が悪い。花神は標的を緋皇に定め、逞しい腕にしがみついた。

「僕どうしても市場に行きたい」

あんたに神様のプライドはないのか、と隣からぼそっと聞こえたが——いや、聞こえたような気がしたが、きっと気のせいだろう。

緋皇が唸っている。花神はここぞとばかりに、うるうると瞳を潤ませた。

「ねえ、旦那様……お願い」

ぐう、と低い声を漏らし、緋皇は花神を抱きしめた。

勝利を確信しシエンにだけ見える角度で手を振ってやった。「チッ」と神使にあるまじき表情で舌打ちされる。そんなやりとりなど露知らず、緋皇は高らかに宣言した。

「わかりました花神様。市場へ行くことを許可いたします」

「わーい、やったね！」

渋い顔をするシエンの横で、手放しで喜ぶ。ただし、と緋皇のことばには続きがあった。

「私も同行いたします」

「は、ええ!?」

驚いたのはシエンのほうだ。花神としては市場へ行けるなら構わない。

「炎の皇帝が宮殿を抜け出すんですか？」

「まあ、幸いにも私はあまり顔が知られていないし、何かあっても切り抜ける自信がありますので。花神様の護衛に部下をつけるとしても、安心できるのは叔父のシシくらい……炎帝国の大将軍としてあちらのほうが顔は知られていますから」

自身は皇帝のくせに何を言っているのかと思ったが、緋皇は本気だった。

「皇帝などいくらでも代わりはいるものです。今だって実務的な仕事は、ほぼ雲嵐に任せています。大将軍のほうは兵士の鍛錬もありますし、抜けるのは難しい」

本人がそこまで言うならもういいだろう。花神は話をあっさりまとめた。

「そっか～。じゃあ皆で市場へ行こう！」

霊体でついて来てもいいよ、と言ったのにシエンは律儀に実体化してついて来た。それでもしばらくの間は「何故私が」やら「天界へ帰りたい」だのうるさかったが、諦めたのか途中から黙々と従った。

臣下の中で、シシにだけはお忍びで出かけることを伝える。

「緋皇陛下、くれぐれもお気をつけて。我らが花神様のこと、お頼みいたします」

「是」

皇帝が供も連れず宮殿を抜け出すというのに、随分あっさりしたものだ。花神は天界から王や皇帝などが移動する様子を見たことがあったが、いつだって大勢の兵たちを引き連れて物々しかった。シシも緋皇本人も、彼の腕を信じているのだろう。

花神は己の隣を歩く男を横目で見た。

いつもの煌びやかな衣ではなく、薄墨色の衣服を身にまとい、髪は無造作に麻紐で結わえている。腰にぶら下げているのは宝剣ではなく、雑兵が使うような錆びた剣だ。目つきは鋭く、身のこなしに隙がない。いかにも兵士の休日といった風情でなかなか堂に入っていた。まさかこの男が炎の皇帝だとは、誰も思わないだろう。

一刻も進むと民家が建ち並ぶ一画へと辿り着いた。ふと磯の匂いがして、花神は鼻を蠢かせた。見れば通りの向こうに幾つもの天幕が張られていた。匂いはその天幕のどれかから漂っているようだ。

「干物の匂いがここまでするよ。見て見て、あれが市場かな？」

「あまりはしゃがないでくださいよ」

「わかってるよ、もう！　あ、ほら、あそこに雉のお肉……わあ、猪の丸焼きまであるよ」

花神は所狭しと並んだ天幕を見回した。天界でもたまに市は立つが、龍の宝玉だの燕の子安貝だのばかりで、二千年も通っていると、目新しさがなくなるのだ。

「へえ、凄いなあ」

ふと近くの天幕へ目を向けると、香草や薬草が吊るされていた。シエンがそこに入ると緋皇も続いた。花神も一緒に行こうとしたが、隣の天幕の見事な珊瑚が目に入り、気がつくと足を向けていた。

「へえ翡翠に真珠もある。そういえば麻姑ちゃんが翡翠に目がなかったっけ。何も言わずにこっちに来ちゃったから今頃心配してるかなあ。瑤池金母様なら千里眼でお見通しだろうけど」

店の奥には大きな翡翠が飾られていた。思わずじっと眺めていると、よく肥えた親爺に声をかけられた。

「おや、若いのにお目が高いねえ。それはうちで一番の石だよ」

「大きさといい透明度といい、素晴らしい翡翠だものね。僕気に入っちゃった、これ頂戴」

花神がにっこり微笑むと、親爺も鼻の下を伸ばす。だが布袋に入れた石を受け取った花神が天幕を後にしようとすると、いきなり肩を掴まれた。

「おいおい、お代を払ってくれよ。金貨十枚だ」

「お代……ああ、そうか！」

うっかりしていた、ここは現世だ。花神は手に入れたばかりの石を見て、思わず眉を寄せた。

「ごめんね、僕お金持ってないや」

さっきまで愛想が良かった親爺は、真顔になると花神の手から翡翠をひったくった。

「あっ」

「冷やかしかよ、冗談じゃねえ！　とっとと失せな！」

罵倒され花神は呆然とする。天界に住んでいると、あまり強い怒りをぶつけられることがないので免疫がないのだ。

「あ、あの僕……」

「帰れって言っているのが聞こえねえのか！」

どんと胸を突き飛ばされ、花神はよろめいた。地面に倒れる、と目を閉じた瞬間、背中からしっかり抱きしめられる。

慌てて背後を振り向くと、いつのまにか緋皇が立っていた。

「どうかしましたか？」

「どうもこうも、そいつが俺の店の石をかっぱらおうとしたのさ。あんた兵士かい？　その泥棒を追い払ってくれよ」

「ち、ちが……泥棒なんかしてないよ。僕、こっちじゃお金が必要なのを忘れてて……！」

緋皇は花神の瞳を見て、わかっていますと頷いた。誤解をされずに済んだ、と花神はほっと息を吐く。

「おい、店主。この方が欲しがっていた石はどれだ？」

親爺は舌打ちし、布袋から翡翠を取り出した。

「こいつさ、金貨十枚。あんたにゃ無理だろうよ」

緋皇は懐から麻袋を出すと、そこから金貨を二枚取り出した。

「確かにいい石だが、どう見ても金貨二枚ってところだな」

「……っ」

「金貨二枚なら払ってやる。どうする親爺殿？」

親爺は震える指で金貨を受け取り、代わりに翡翠を寄越す。緋皇は花神のもとへ戻ると、そっと手を取った。

「さあ、どうぞ」

掌にころん、と大粒の翡翠を落とされる。花神は翡翠を見て、緋皇を見て、また緋皇を見た。

「えっと……これ貰っちゃってもいいの？」

「是、勿論です」

それに、と緋皇は小声で囁いた。

「花神様、もし翡翠がお好きなのでしたら倉にもっと大きいものもありますが……」

「僕、こっちがいい」

ぎゅっと翡翠を握りしめ、花神は緋皇に微笑んだ。

「ありがとう、緋皇」

頷いてから、緋皇は慌ててあたりを見回した。人々は忙しなく行き来しており、こちらを気にかけている者は誰もいない。ほっと息を吐き、緋皇は花神の耳元で囁いた。

「花神様、ここで緋皇の名を出せば面倒なことになるかもしれません。私のことはアスカとお呼びください」

くすぐったくて首を竦めながら花神は訊ねた。

「アスカって?」

「緋皇は栄の人々にも馴染みが良いようにつけた称号で、緋獅族としての名はアスカと申します」

「アスカかあ……うん、良い名前だね」

「ありがとうございます」

翡翠を握る手を、緋皇がそっと包み込む。花神が微笑むと緋皇も微笑みを返してくれた。まるで灯火がともったように、胸がほんわかと温かくなる。

道の真ん中で見つめ合っていると、背後から咳払いが聞こえた。振り向くとそこには冷たい眼差しのシエンが立っていた。

「あ、シエン。忘れてた……」

整ったシエンの眉がぎゅんとつり上る。

「花神様も緋皇殿も、思い切り通行の邪魔になっています。ただちに移動してください」

へへへ、と笑って誤魔化しながら、道の端っこに寄る。貰った翡翠を花神は大事にしまい込んだ。

（麻姑ちゃんへのお土産にしようと思ってたけど、緋皇に贈って貰ったんだ。これは僕がちゃんと持ってなくちゃね）

あちこち天幕を眺めながら、ふたたび三人で進んで行く。

「ここが市場の端のようですね。このまま引き返しましょう。まもなく市場が閉まります。人足が途絶えると、このあたりは物騒になりますので」

ガラス細工が並べられた天幕の前で、ふと緋皇が立ち止まる。欲しいのだろうか。しかし彼の目はどこか遠くを眺めているようだった。

「アスカ?」

「ああ、すみません……」

何事もなかったようにふたたび歩き始める緋皇に、花神は訊ねた。

「何か、考えごと?」

シエンが先の天幕で難しい顔をしている。籠に入れられた小鳥たちが気になるようだ。ちゃんと餌は貰っているのか、などと訊ねている。

雑踏に紛れるほどの声音で緋皇が打ち明けた。

「蒼に放った細作たちが戻らないのです。緋獅族の中でも一番の手練れたちなので、心配ないかと思うのですが……」

神眼を使っても蒼を覗くことができなかったのを思い出す。花神は緋皇の手を握った。

「僕の神眼で見ても蒼の様子がわからないんだ。彼らの無事を祈ろう」

「花神様……」

先を行くシエンに呼ばれ、緋皇は憂い顔を改めた。嫌な予感を振り払うように、炙った羊肉を買い、歩きながら齧り付く。それに刺激されたのか、シエンは瓜を求めた。花神も勧められたが、断る。何か欲しいものがあった時買えるようにと緋皇からお金を貰った。

（僕には他に欲しいものがあるんだよね）

花神は緋皇とシエンをちらり、と見た。アレを購入するには、このふたりをどうにかしなければならない。

市場の中ほどまで進んだところで、花神は意を決した。天幕のひとつを指差して告げる。

「ねえアスカ。僕あの桃が欲しいな～」

「わかりました」

桃を買いに行く緋皇を見送ってから、花神はシエンへ目を向けた。ちょうど瓜を食べ終わったところで口を拭っている。

「ねえシエン、緋皇……じゃなかったアスカに貰った翡翠を見せてあげようか」

「ここでですか？　落としたら大変ですよ」

「大丈夫だってば、ほら……あっ!?」

通行人にわざとぶつかり、麻袋を取り落とす。

「どうしよう、シエン。落としちゃったあ……」

半泣きで訴えると、シエンは「もう！」と怒りながらも、慌てて袋を探し始めた。口では厳しいことを言いながら、なんだかんだ甘い神使に心の中で必死に謝る。

（ごめんね、シエン！）

ちなみに麻袋の中身も翡翠ではなく、そのへんで拾った石ころと入れ替えておいた。シエンが見つければ確実に花神の悪戯だとバレるだろう。

（せっかく緋皇から貰ったのに、なくしたくないもん）

人混みに紛れ、花神は目当ての天幕へ向かう。ここへ来る途中に目星をつけていたので、すぐに辿り着いた。

「綺麗なお嬢さん、枇杷(びわ)酒は如何だい？　味見もできるよ」

天幕の前にいた老人にお嬢さんと言われて首を傾げる。確かに少々細身ではあるが長身だし、身体つきだってどこからどう見ても男のものだ。だから己が女性に見間違われたことは甚だ遺憾であった。

しかしそれよりも何よりも、酒である。

「枇杷酒かあ。それって美味しい？」

「うちの枇杷酒は極上だよ。騙されたと思って、ほら味見味見」

親爺が竹筒の蓋を開くと、果実の甘い香りが漂ってきた。おかしな混ぜ物もしていないようだし、自慢するだけあって上等な酒のようだ。

「うーん、そこまで勧めてくれるならちょっとだけ。あ、これ本当に美味しい！　同じのもう一杯頂戴」

「よしきた。銅貨三枚だよ～」

神は飲食を必要としない。必要ではないが、食べることも飲むこともできるし、酒に至っては大好きである。

実のところ、市場に来たのは酒を手に入れるためだった。シエンが目を光らせているので、宮殿ではもう酒を飲めないからだ。深酒するつもりもないし、軽く一杯飲めればいい。

「ご馳走様でした」

「おっと、銅貨二枚に負けるけどもう一杯どうだい？」

「え、そう？　いや～悪いね～」

幸い酒を飲んで酔っても、醒めるのは早いのでシエンには気づかれない筈だ。緋皇から貰った銅貨十枚をすっかり空にしてから、花神はふらふらと天幕を離れた。ほどよく酒精が全身を巡り、足取りもなんだか軽く感じる。

　無事目的は達成したので緋皇とシエンを探そうと花神は周囲を見回した。

「はれ？」

　はぐれて遠くに行ってしまったのか、シエンの姿も緋皇の姿も見つけられなかった。

（あ、そうだ。念話でシエンを呼びだせばいいよね。おーい、シエン〜）

　呼びかけてもシエンからの返事はない。

（ちょっと、さっきのまだ怒ってるの？　謝るから返事をしてよ、シエン！　ねえ、ちょっと、シエンさーん！）

　いくら話しかけても相手はうんともすんとも言わない。返事もしたくないほど怒り狂っているのだろうか。だがそれならば尚更のこと、花神を捕まえに来る筈だ。

（もしかして、酔いすぎかなあ？　そのせいで念話が使えなくなっちゃったとか？）

　酔って念話が使えないなんて初めてだ。変だなあ、と思いながら花神はきょろきょろあたりを見回した。目立たない旅装を身にまとっているが、花神の美貌や肌の白さはやはり人目を引く。天幕の前を通るたび、店主に声をかけられる。

　脂下がった男から「よかったらどうぞ」と菓子を渡されるついでに手をさわさわと撫でられたりもした。女官とのやりとりでさえ嫉妬する緋皇が現場を目にしていたら、騒動になっていたかもしれない。

「うーん……こっちからふたりの気配がする……ような」

天幕と天幕の間に裏道があるのに気がつき、花神は誘われるようにそちらへ足を向けていた。花神を心配するあまり、あのふたりは路地裏に入り込んだのかもしれない。

「えーっと、こっち……かなあ?」

まだ酔っているのか頭がぼうっとする。どれだけ進んだだろう。気がつけば目抜き通りの喧騒が遠かった。

痩せた子供が地べたに座り込んでいる。五歳か六歳くらいだろうか。前髪が鼻のあたりまで覆っていて、顔立ちもよくわからない。

花神はさっき手に入れたばかりの菓子をその子供に渡した。

「お腹空いていない? よかったらこれをお食べ」

子供は礼も言わず菓子を引ったくると、その場でガツガツと口の中へと詰め込んだ。

「ねえ君、もうちょっとゆっくり食べたら? それで味わかるのかなあ」

その時だ。背後から複数の人間の気配がして、花神はハッと振り返った。五人の男がこちらを眺めニヤニヤ笑っている。

酔っているせいだろうか。ここまで近づかれても気がつかなかった。だが枇杷酒を数杯飲んだくらいで、いつまでも酩酊状態が続くのはおかしい。

うーん、と首を傾げたところで、己の黒髪が目に入った。

（そういえば、僕今人間になっているんだった！）

道理で念話が使えないわけだ。納得して己の掌をポンと打ったところで、男たちがもう目の前に迫っていることに気がついた。

全員ボロ同然の衣服に身を包み、酷い悪臭が漂っている。手前にいた男が頭の先から爪先まで花神の全身にねっとり視線を這わせながら言った。

「迷子かい〝お嬢さん〟」

「お嬢さん？　僕は男だよ。おまえたちより背だって高いじゃないか」

花神のことばは無視される。男たちはケタケタと笑い合った。

「どこの貴族様か知らないが、こんなところに迷い込んだあんたが悪い」

言い返そうとしたが、男たちの腕が一斉に伸びてきて、地面に引き倒されてしまう。凄い力だった。襟や裾を乱されて、下着に手をかけられる。

「おい、服を破くなよ。売れなくなっちまう」

「わかってるさ。それにしても、こんな上玉（じょうだま）を手篭（てご）めにするのは初めてだ」

花神は咄嗟に子供の姿を探した。この騒動に巻き込まれては可哀想だ。幸い子供の姿はもうなかった。上手くこの場から逃げたのだろう。

（って、安心している場合じゃないよね!?）

これが、ただの追剥（おいは）ぎだったらまだ良かった。

だが男たちの手は剥き出しになった花神の胸や腿を不埒に這いずり回っている。荒い息や血走った目に、破落戸たちが何を求めているのか花神は悟った。

「やめ……っ！」

花神は特別非力ではないが、今は酔っている上に人間の身体だ。多勢に無勢で敵わない。変化を解こうとするのだが、酔っているせいなのか上手くいかなかった。

（こんな奴ら、神通力が使えれば一瞬で追い払えるのに！）

首筋に吸い付く男を引き剥がそうともがきながら、花神は悔しさに歯噛みした。気がつけば衣服はすっかりはだけられ、胸も腹もその下までむき出しにされている。

「おまえたち……今なら許してやる。僕を放せ」

花神は冷たい瞳で男たちを見据えた。しかし男たちは怯むどころか益々欲望を募らせる。

「どう許してくれるんだい、お嬢さん。ほらほら抵抗しないのか？」

「あ！」

無防備な胸を吸われ、花神は悲鳴を上げた。獲物の艶めいた声に興奮したらしく、男たちの息遣いが荒くなる。

地面にきつく押し付けられた両手首が痛む。唇を奪われそうになって花神は必死に顔を背けた。耳朶に歯を立てられてぞっと背中がそそけだつ。

（うう、気色悪いよぉ……。人間だったらこういう時犬に噛まれたと思って忘れようとか

言うんだよね）

人に神を穢すことができるとは思わない。だが気持ち悪いものは気持ち悪いのだ。

「この野郎、どこもかしこも良い匂いがしやがる。堪らねえなあ」

荒れた指が腿を掴み、大きく割り開く。嫌だ、と叫び花神はぎゅっと両目を閉じた。

その瞬間だった。ふいに身体が自由になる。咄嗟に目を開け花神は声を上げた。

「緋皇……っ」

花神が名を呼ぶと、緋皇はこちらへ流し目をくれた。一瞬それにドキリとする。緋皇は腰の剣には一切触れず、男たちを素手で打ちのめしている。

気をつけて、と花神が叫ぶ間もなく、緋皇は男たちを叩き伏せてしまった。

男たちが立ち上がってこないことを確認してから、緋皇はこちらに駆け寄ってきた。

「どこか痛む場所や不快な場所はありませんか？」

訊ねながら、さりげなく衣服の乱れを直してくれる。花神が「大丈夫だよ」と答えると、手を取り立ち上がらせてくれた。

さきほどの男たちに触れられた時はとても嫌だったのに、緋皇の体温は心地良いと感じる。それが不思議で花神はじっと彼を見つめた。

ふ、と頬を緩め緋皇は花神の手を離した。

「シエン殿、花神様をお願いします。奴らの処理が途中なので」

「ええ、どうぞお任せください」

天の衣なら泥を被ろうが汚れないが、人間の衣をまとっているので尻やら背中に土がついてしまっている。シエンが少し痛みを覚えるくらいの力でそれを払ってくれた。

「い、いたっ……痛いよ、シエンっ」

「……何か言いましたか?」

「なんでもないです」

低い呻き声が聞こえたので目をやると、緋皇が男たちを縛り上げているところだった。男たちの衣を引き裂いて縄の代わりにしたらしく、皆上半身が裸になっている。

「緋皇殿は人間にしてはお強いですね。相当薄まっているとはいえ、神の血に連なる人ですから普通の人間より膂力(りょりょく)なんかも強いようですが」

すべての男たちの身動きを封じたところで緋皇は腰の剣を抜いた。花神はあ、と思わず声を漏らす。緋皇が花神にのしかかっていた男の手首から先を躊躇なく切り落とした。凄まじい絶叫があたりに響き、花神は飛び上がる。「おや、まあ」とシエンのやたらと呑気な声を聞きながら、花神は慌てて緋皇のもとへ駆け寄った。

「緋皇、おまえ……!」

「どうか、アスカと呼んでください」

花神を見つめ話しかける声は穏やかだ。名前の呼び方など今はどうでもいい。花神は血の滴る剣を指差した。

「おまえ、何してるの」

緋皇が首を傾げる。何故そんな当然のことを訊くのだとでも言いたげだ。

「この下郎共が、恐れ多くも御身に触れた箇所を切り取っています。勿論御身を映した目玉や匂いを嗅いだ鼻、暴言を吐いた舌も抉っておきますのでご心配なく」

笑顔で告げられ、ひえ、と思わず後退る。いつのまにかすぐ側に来ていたシエンがふふふ、と微笑んだ。

「シ、シエン～、緋皇を止めてよぉ……！」

「何故止める必要が？　彼奴等は神に狼藉を働いたのですから、当然の報いです」

「おふたりとも血が飛び散ってはお召し物が汚れますので、すこし離れて頂いたほうがよろしいかと。私の剣の腕はともかく、彼奴らが暴れることがありますから」

緋皇は返り血を一切浴びていない。花神は半泣きになって言った。

「僕、血が駄目なの！　それにもう怒ってないからさ……っ」

花神のことばに緋皇はようやく剣を鞘に戻す。ホッとする花神をよそに、シエンと緋皇は不満げだ。もう行こう、とふたりの袖を引くと、何故か彼らは顔を見合わせ頷き合った。

緋皇が男のひとりの腕を取ると、枝でもへし折るように骨を折った。男が悲鳴を上げ、シエンが微笑む。

「何やってるの—!?」

「花神様が血は苦手とおっしゃったので、せめて骨くらい破壊しておこうかと。シエン殿、よければ花神様と市のほうへ戻られていては? お時間は取らせませんので」

「わかりました。よろしくお願いします」

ほら行きますよ、とシエンに促され、花神はよろよろとその場を後にする。緋皇もシエンも絶対に怒らせては駄目だ、と胸に誓った。

路地から目抜き通りに出たところで、花神は見知った顔がこちらへやって来ることに気がついた。人混みの中から赤い髪が頭ひとつかふたつぶん飛び出している。シシ将軍だ。

通行人たちをかきわけて、花神はシシのもとへ向かった。

「シシ将軍、いいところに!」

シシは花神とシエンに気がつき、目を丸くした。左右を見たのは緋皇がいないのか確かめたのだろう。

「おふたりだけですか、我が甥は何をしているんです!? 心配になって様子を見に来たらまったく……!」

「アスカ殿なら、あちらの路地で悪党退治をしております」

シエンが路地裏を指差しさらりと答えた。それでおおよそを悟ったのかシシは豪快に笑う。

「なるほど、甥が役に立って何よりです」

「役に立ちすぎだよ……ねえ、緋皇を連れ戻してきてくれる？　僕が言っても駄目だったけど、おまえの言うことならきっと聞くから」

花神のことばにシエンが唇を尖らせた。

「あんな奴ら、主様が情けをかける必要ありませんよ」

花神は肩を竦めてみせた。

「人間の恨みつらみを馬鹿にしちゃいけないよ。緋皇は皇帝だ。ただでさえ民から陰の気を集めやすい立場にいる。陰の気を集めすぎれば陰陽の調和が崩れるかもしれない。そうしたら為政に影響を及ぼすことだってあり得るんだ。彼らに情けをかけているんじゃない」

「陰陽ですか」

「そう、陰陽互根、陰陽互損――陽は光、陰が闇。光あるところには闇もある。闇ばかりが強くなれば、どうなってしまうか……」

シシは顎髭を撫で人好きのする笑みを浮かべた。

「なるほど、神は我が甥の身を案じてくださっているんですね。ならば儂が行ってあやつの首根っこ引っ張って参りましょう」

「うん、お願い」

シエンと一緒に近くの天幕を冷やかして、ふたりを待つ。さほど経たずに緋皇とシシが帰ってきた。特に揉めもしなかったのか、穏やかに肩を並べている。

「すみません、お待たせしました」

緋皇は花神が手に持っていた桃の木の櫛を手に取ると、店主に包むように頼んだ。唐草模様が気になって眺めていたが、買って貰うつもりではなかった。

「待ってよ、欲しかったわけじゃ……」

「お嫌いでしたか？」

「そ、そういうわけじゃないけど」

さっきまで散々迷惑をかけた上、大きな翡翠だって買って貰ったばかりだ。神なので人間からの捧げ物にはめっぽう弱いが、花神にだって遠慮する心くらいある。

だが緋皇があまりにも悲しげな顔をするため、かえって罪悪感を覚えた。

「天上のものには敵いませんが、素晴らしい細工でしたよね主様？」

シエンまでそんなことを言い出す始末だ。断り切れず花神は櫛を受け取ってしまった。

「受け取ってくださってありがとうございます」

「うん。翡翠と一緒に大事にするね」

礼まで言われてしまい花神は苦笑する。緋皇は照れたように呟いた。

「本当だったらこの市にあるものすべて買って差し上げたいのです。さすがにそれはご迷惑になりますので……」

「その気持ちだけ頂戴しておくね」

赤い顔で是、と答える男を見ていると、さきほど破落戸たちを痛めつけていた人物と同じだとは信じられないような気持ちになる。

背後で「きゃあ」と明るい悲鳴が聞こえ、花神はそちらへ目を向けた。シエンがシシの肩に乗せられて大騒ぎしているのが目に入った。

シシからすれば、シエンは孫のようなものだろう。

（ああ見えてもシエンはシシの九百五十歳以上年上なんだけど……。まあふたりとも楽しそうだからいいか）

そろそろ店じまいするところも増えてきた。宮殿に戻る途中、兵士と行き会って、シシは路地裏に転がっている破落戸たちを城壁の外へ放り出すよう命じた。

市場の端で花神は名残惜しさから背後を振り向く。すると、さきほど菓子を与えた子供がじっとこちらを見ているのに気がついた。手を振ってやると、子供が口元をニヤリと歪める。ハッとした次の刹那、その姿はかき消えていた。

足を止めた花神に気づき、先を歩いていた緋皇が引き返して来る。

「どうかしましたか、花神様？」

「……」

答えるべきか迷って、花神は止めた。なんでもないよと適当に誤魔化す。

（あれは子供じゃないな。術者……それもほとんど仙になりかけてる）

うっすらと相手の正体に見当がついた。蒼で神下ろしの儀式を行った召喚者は、相当の手練れだと耳にした。人間の姿から戻れなかったのも念話が通じなかったのも、ひょっとしたらアレの仕業だったのかもしれない。

横顔に視線を感じ、おもてを上げると緋皇がじっとこちらを見つめていた。

「花神様、炎の市はどうでしたか？」

「楽しかったよ。ここはとってもいいところだね」

正直に答えると緋皇は喜びを噛みしめるように頷いた。

「我々が帝都に攻め入ってから三年が経ちました。できるだけ民には被害が出ないようにと思っていましたが、無傷ではありませんでした。それがここまで……」

傾きつつある陽を片手で避けながら、緋皇は眩しそうに市場を見渡した。宝玉や金よりもっと大事な宝を見る目で、彼は人々とその暮らしを眺めている。

「あ……」

緋皇にそっと手を握られて、花神は黙って同じように握り返した。西日が当たって頬が熱くなる。俯くと指を握る力がすこし強くなった。

「主様！」

遠くからシエンが花神を呼ぶ。彼らはもうずいぶん先に進んでしまっていた。シエンを肩に乗せたシシが声を張り上げた。

「モタモタしていると置いて行くぞ！」

思わず緋皇と顔を見合わせる。ふむ、と呟くと緋皇は突然花神を横抱きにして、そのまま猛然と駆け出した。

「あ、わっ、ちょっと……！」

慌てて緋皇の首にしがみつく。耳元を弾む息と軽やかな笑い声が掠めた。

シシとの追いかけっこは宮殿まで続いた。叔父と甥のくせにどこまで張り合うつもりだろう。どちらが先に到着したか揉めるふたりを眺めながら、花神はこっそり囁いた。

「ねえシエン、現世も意外と悪くないね」

まるで本物の子供のように頬を赤く染めシエンはこくり、と一度頷いた。

三

炎（イェン）帝国の皇帝が婚礼の儀を行う。

民に触れを出したところ、噂は瞬く間に帝国中へと広まった。帝都の中央には祭壇が建設され、ひと月に渡り繰り広げられていた祝言も、いよいよ大詰めを迎えようとしていた。婚礼の準備のため、宮殿内の誰も彼も忙しなく立ち働いている。

「はー、暇だねえ」

そのへんの女官が耳にしたら殺意が芽生えそうなことをぼやきながら花神（フゥアシエン）はのんびり欠伸をした。隣に控えていたシエンの冷たい視線が横顔に刺さる。

しかし花神とて、伊達（だて）に二千年ものあいだ面の皮を分厚く育てているわけではない。官吏の雲嵐（ユンラン）が山と積まれた贈り物を仕分けしてゆくのを、手伝いもせずニコニコと眺める。宮殿の一室どころか二室も三室も、贈り物の数々に埋もれる事態となっているのだ。

「お仕事のお邪魔ではないですか。もしそうなら、遠慮せずにおっしゃってくださいね」

手を動かしながら気遣うシエンのことばに、雲嵐は「いいえ」と首を左右に振った。

「こんなに大人しく見てるだけなのに、邪魔なわけないだろう！」

不満げに頬を膨らませる花神を見て、雲嵐がひとりであたふたする。神の機嫌を損ねては一大事だとでも思っているのだろう。

この若者は緋皇から花神の正体を知らされている数少ない人間のひとりだった。心根が素直で元厩番にしては頭も良いのだが、少々気の弱いところが玉（たま）に瑕（きず）である。

花神はふと透かし窓へと目を向けた。

「ねえねえ、シエン、雲嵐、見て見て～」

花神は上機嫌でシエンと雲嵐に手招きする。雲嵐がおっかなびっくり近寄ってきた。

「えっと花神様……もう怒っていらっしゃらないのですか？」

スタスタと雲嵐を追い抜いて、シエンが片眉を跳ね上げる。

「いちいちこの方の機嫌を気にしていると馬鹿を見ますよ」

「は、はあ……」

近寄ってきたふたりに花神は己の指を差し出した。そこには、一匹の蝶が止まっている。青紫色の翅が美しい。

「ほら、大紫蛺蝶だよ。綺麗な子だよねえ」

六角形にくり抜かれた窓は、煉瓦が踊る炎の形に積み上げられていた。その隙間から蝶が一匹迷い込んできたらしい。

「私は生まれも育ちもこちらなんですが、初めて見ました。蝶は夫婦円満の象徴とも言われますし縁起が良いですね」

雲嵐のことばに、花神は艶やかに笑ってみせた。まともに笑顔を向けられた雲嵐は、顔を真っ赤にして夢見心地の様子だ。

「そうだね、この蝶はもっと南のほうに生息しているんだ。このへんで見かけるのは珍しいかもね」

初心な人間を大いに惑わせておきながら、何くわぬ顔で花神は蝶を覗き込む。

「ふふ、おまえはどこから来たの？」

まるで花神のことばが通じたかのように、蝶は翅を震わせた。窓の外へひらりと飛んで行く姿を花神はじっと見送った。

雲嵐も倣って窓の外を眺めていたが、ハッと我に返った様子で贈り物の仕分けを再開する。花神がまた見物に戻ろうとしたところで、扉の向こうから声が聞こえた。

「花神様、いらっしゃいますか？」

雲嵐は手に持っていた筆を置き、扉まで駆けて行った。そこに佇む緋皇を見て、恭しく拱手する。

「緋皇陛下、花神様ならこちらに」

「あ、僕に用？」

花神が扉の横からちょこん、と顔を覗かせると緋皇はたちまち相好を崩した。

「婚礼の衣装についてなのですが、少々よろしいでしょうか」

「うん、いいよぉ。シエン、おまえはどうする？」

「私は雲嵐殿のお手伝いでもしています。何かあったらお呼びください」

「わかった～」

扉を出て緋皇の隣に並ぶ。窓から差し込む光で回廊は眩しいほどだった。緋皇が目を細め花神をじっと見つめる。

「どうかしたの？」

「このまま花神様のお姿を一生見続けても、飽きることはないだろうな、と」

「おまえは息を吐くように僕を口説くね」

緋皇はようやく花神から視線を逸らした。

「ご不快でしたら、謝罪します」

「別にご不快じゃないって言ったら？」

動き出さない緋皇を置いて花神が適当に進んでいると、背後から慌てて駆け寄ってきた。息を切らしているわけでもないのに、その頬は仄（ほの）かに赤い。

（男神に言い寄られても鬱陶（うっとう）しいだけなのに、こいつは人間だからなのか妙に可愛いんだよなあ……）

脳内シエンが『あまり調子に乗っているとそのうち痛い目にあいますよ』と忠告してくれたので、丁重に受け止めた。

回廊の先を進んでいた緋皇が、とある部屋の前で立ち止まる。

「ええと、この部屋？」

「そうです。ここに宮殿中の織物を集めさせました」

緋皇のことば通り、三方丈ほどの広さの部屋に足の踏み場がないほど織物が積み上げられている。適当に拾い上げた反物は、絹の生地に精緻な刺繍が施されていた。

「へえ、見事だねえ」

「神々のお召し物には到底及ばないかとは思いますが、我らの手によって花神様の衣装を誂えて差し上げられたらと……。差し出がましかったでしょうか？」

「えー、そんなことないよ。この生地なんか僕の好みだ。あ、こっちのも良いね」

花神は美しいものが好きだ。何より人の手で織られたものとあっては、尚更である。喜び悲しみ怒り憎しみ。織物に込められた人の情が、花神にはキラキラして見える。

「これは――」

ひと際眩く見える生地を花神は手繰り寄せた。竜胆色の生地に萌黄と白い花の刺繍が施されている。花神はそっと織物の表面を撫でた。胸の底がカッと熱く火照るようだ。

この生地を織った誰かには、想い人がいたらしい。その慕情が織物を通して胸に伝わってくる。

（恋かあ……どんな感じなんだろうな）

なんとなく緋皇へ目を向ける。緋皇は花神が気に入りそうな生地を漁っていたが、視線に気がついたのかすぐにこちらへやって来た。

「何かお気に召すものがありましたか？」

「うん、これ！」

両手で生地を広げて見せると緋皇は明らかに花神を見つめながら「ああ、美しいですね」と頷いた。苦笑する花神から涼しい顔で織物を受け取る。

「こちらで衣装を作ります」

「……ありがとう」

別に生地の織り主に当てられたわけではないのだが、なんとなく気持ちがそわそわする。穏やかに微笑む緋皇からは、花神が愛しくて堪らないという感情があふれていた。

（あ――）

気がつけば、花神は緋皇の頬に触れていた。息が触れそうな至近距離で、彼の瞳が驚きから喜びへと色を変えてゆくのを眺める。

（おまえの想いが流れてくる）

無数の色が花神の中で氾濫する。どの色も内側から光り輝いているようで、鮮やかで美しい。とろりとした漆黒の色は花神への情欲を示すものだろうか。だがそれさえも緋皇の想いならば、好ましいものに思えてくる。

（いくら見ていても飽きない。ずっと見ていたいな）

ほう、と吐き出した吐息はどこか甘い。

どれくらい、ふたりでそうしていただろう。緋皇の手から生地が落ち、ぱさりと乾いた音を立てる。緋皇に抱き寄せられ、今まさに唇が触れ合いかけたその時だった。

「おい緋皇！　ここにいるか？」

足音も荒く、シシが部屋に入ってくる。抱き合うふたりを見て「おっと」と呟いた。

「これは皇帝陛下、皇后陛下。お邪魔して申し訳ありませんでした」

花神を抱きしめたまま、緋皇は深い溜息を吐いた。

なんとなくバツが悪くて、花神はするりと緋皇の腕から抜け出した。名残惜しげな顔を隠さない緋皇に、花神は言い訳するように告げた。

「あっと、シエンが呼んでるみたいだから僕ちょっと行って来るね」

そのへんに積んであった織物を適当に二、三拾い上げ緋皇に渡す。

「さっきの他にこれとかこのへんが気に入ったかな。僕の衣装、お願いするね」

「是」

ニヤニヤ笑っていたシシは、緋皇に足を踏まれて真顔になる。室内の微妙な空気に居たたまれず花神は廊下へと逃げた。

背後から緋皇とその叔父がやり合う声が響く。ほっとするのと同時に笑いが漏れた。

（よし、シエンのところに戻……ったらまーた邪魔者扱いされそうだなあ。せっかくだし、ちょっと宮殿の中を探検しようかな）

あたりに誰もいないのを見計らい、花神は己の姿を小鳥に変えた。飾り窓の隙間からするり、と抜け出し宮殿の周囲を飛び回る。

（おっと、あれは……）

六人の女たちが水の入った桶の周りを囲んでいるのが見えた。洗濯場だろうか。

女たちの笑い声が空まで届く。何を話しているのか興味を引かれ、花神は近くの枝に止まり耳を澄ました。

「それにしても緋皇陛下が婚姻なさるって、本当なのかい」

「この前お触れが出たって春鈴が言っていたわ」

「いったいどこのお姫様が、あの美丈夫の心を奪ったのかねえ」

女たちが一斉に悩ましい溜息を吐く。どうやらここにいる皆、緋皇に夢中のようだ。

神下ろしの儀にいなかった人間たちには、花神の正体を伏せている。騒ぎになるのを防ぐためにも当然だろう。

だから女たちは皇帝の婚姻相手が姫様ではなく神様だと知らないのだ。

手も口も動かしながら、正体不明の姫君について、ああでもない、こうでもない、と語り合う様子は楽しげだった。そのうち女のひとりが思い出したように呟いた。

「でも陛下が結婚なさったら、イシカ様はどうなるんだろうね」

ああ、と全員が顔を見合わせる。イシカとは誰だろう。緋獅族の名前のようだ。

「あれだけ立派な後宮を引き継いで、皇帝陛下から続けてお呼ばれしたのはイシカ様だけなんだろう。あたしゃてっきり緋皇陛下はイシカ様と結ばれるんだとばかり……」

「確かにねえ。でも小耳に挟んだ話じゃあ、イシカ様は皇帝陛下の従姉妹なんだって」

女のひとりがでもさあ、と続ける。

「栄の時代は従姉妹との結婚は禁じられていたけど、陛下もイシカ様も緋獅族だろう。緋獅族では従姉妹でも結婚するって言うじゃないか」

「栄の風習に則り皇后をお迎えになられても、陛下の心はイシカ様のものなのかもねえ」

女たちのはしゃいだ笑い声がなんだか耳に障る。花神は唇を尖らせようとしたが、鳥の嘴（くちばし）はもとより尖っている。

（……ふうん）

花神はなんだか胸がモヤモヤした。

「イシカ様に結婚の御報告をされたのかねえ。どこの馬の骨かわからん姫に奪われるくらいなら、イシカ様が皇后になってくださったら良かったのに」

ぼやく女に、シッとあちこちから声が上がった。

「馬鹿だね、むやみなこと言うんじゃないよ。もしも誰かの耳に入ったら……」

実のところ仙女たちは人間の恋物語が大好きだ。特に悲恋物は人気があり、花神も何度か耳にしたことがあった。愛するふたりをしきたりが阻むなど、いかにも好まれそうな話である。

「陛下なら確か昨日もイシカ様のところへお通いになられてたよ」

「そりゃ、イシカ様は私らみたいなもんにもお優しいお方だからね。陛下のように気苦労の多い方には慰めが必要だろう。そのへんの姫君にゃあ、荷が勝ちすぎる話さね」

女たちの話はまだまだ続いていたが、なんだか食傷気味で花神はその場を離れた。

（へ～え、緋皇は昨日もイシカ様とやらのところへ……なるほどなるほど……）

昨夜花神は寝所に顔を出さなかった。だから緋皇が寝所に現れなかったことも知らなかったのだ。

（だって昨夜はお月見をするには絶好の晩だったし、そもそも神は眠る必要もないし……）

あたりに誰もいないのを見計らい、花神は鳥の変化を解いた。自分の足で回廊を進む。

（そりゃ、緋皇は皇帝だから後継が必要だよね。僕は男神だから孕めないし、側室に子を産ませるのは当然の責務だ）

我ながらまるで自分に言い聞かせているようだ。花神は足を止めその場にしゃがみこんだ。

（でもでも、今は祝言の最中なんだよ。そんな時に仕込むかな、普通!?）

だん、と拳を石畳に叩きつける。痛くて思わず涙目になった。ひとり寂しく花神はスン、と鼻を啜った。

（僕だって別に、どうしても絶対に何が何でも緋皇と契るのが嫌ってわけじゃないんだよ。まあ嫌じゃないからと言って緋皇と契りたいのかと訊かれればそれは否というか……ああもう！）

　はあ、と溜息を吐いて天を仰ぐ。そこで天井の様子がいつもと違うことに気がついた。今さらのようにあたりを見回す。ここがどこなのか、まったくわからない。つまり迷子だ。

（ひょっとして神様で迷子になるのって僕くらいでは……？）

　いざとなればシエンに念話で迎えに来て貰えばいいのだが、今はなんとなくひとりでいたかった。その時、前方から女官がやって来るのが見えた。ぼんやり眺めていると、女官は花神の姿を見咎めて眉を寄せた。

「あなた、ここがどこだかご存知ですか？　この先は男子禁制の後宮ですよ」

　女官は仙女にも劣らぬ美女で、美しい赤毛を頭頂近くできっちり結っていた。良く見れば帯刀しているし、この赤い髪には見覚えがある。間違いなく緋獅族の女性だろう。

（後宮にいる緋獅族の美女ってことはつまり……）

　目の前の彼女こそがイシカであると確信する。こっそり神眼で確かめたところ、緋皇と血の繋がりがあったのでまず間違いない。花神はあたふたと立ち上がった。

「えっと、ごめんごめん。ちょっと道に迷っちゃってすぐに戻るよ」

　謝罪し今来た道を引き返そうとした。その背に「花神様……？」と声がかかる。驚いて振り向くと美女は「ああ、やっぱり」と破顔した。

「アスカ……失礼緋皇陛下からお話は伺っております。花神様はこれからどちらへ参られますか？　私でよろしければ、ご案内いたします」

笑顔で告げられたが、断ることを拒むような迫力があった。顔立ちにやはり緋皇の面影がある。

「ええと、君はイシカだよね？」

「御意。緋皇陛下の従姉妹のイシカにございます。後宮の……警備担当のようなものですわ」

警備担当などと言われても鵜呑み（うの）にする者はいないだろう。なにしろかなりの美女だ。

花神の返事を待たず、イシカが先に立って歩き出す。花神は素直にその後に従った。

「雲嵐ってわかるかな？　彼が贈り物を仕分けているから、その部屋へ連れて行って欲しいんだ。そこには僕の従者が一緒にいるから」

雲嵐と聞いてイシカはすぐに察したようだ。彼女はすぐに頷いた。

「御意」

何気なく歩いているようで、イシカの動きは隙がなかった。いつどこから襲撃者が現れたとしても、きっと返り討ちにしてくれるだろう。余計な無駄口もほとんど叩かない。

そう思っていると、イシカがふいに口を開いた。

「それにしても意外でした」

イシカはくすりと笑う。

「緋皇陛下が、私のことを花神様にお話ししていたなんて驚きで……。私のほうは毎回耳にタコができるほど花神様のお話を伺っていましたが」

「……あはは」

実は緋皇の口から聞いたのではない、と知ったら彼女はなんと思うだろう。

緋皇のほうは花神について何やら語っていたらしい。いったい彼女にどんなことを話していたのだろう。詳しく訊いてみたいような、訊くのが怖いような複雑な気分である。

そんなこちらの表情を読み取ったのか、悪戯っぽくイシカは笑った。

「花神様はこの世の至宝、あの御方は我が光と、それはもう毎度毎度熱烈に……おかげさまで一目お会いして、すぐに花神様だとわかりました。緋皇陛下に感謝ですね」

しばらく回廊を進んで行くと、花神も見知った一角に辿り着いた。ここからなら雲嵐がいた部屋の行き方もわかる。

案内してくれた礼を告げると、イシカはそれ以上無理についてくるような真似はせず、静かに頭を下げ、回廊の端に寄った。神に背を向けたくないのだろう。

花神が雲嵐のいる部屋へ戻ると、こちらを見るなりシエンが言った。

「主様、何かありました？」

あったといえば色々あったが、千里眼を持たないシエンに何故それがわかるのだろう。

花神が首を傾げると、彼は続けた。

「何か変な顔をしていますよ」

「変な顔って失礼だな！　君、本当に僕の神使!?」

神使を怒鳴りながら花神はなんとなくホッとした。わざとであってもそうじゃなくても、シエンのおかげでモヤモヤしたものを振り払うことができた。

夕餉の時間になり、雲嵐が部屋から去って行く。花神もシエンも食事は必要ないので、寝所で休んでいると緋皇がやって来た。

シエンには緋皇と話をするから席を外すように言ってある。花神は起き上がり、寝台の端に腰掛けた。

「花神様……」

珍しく寝所にいる花神を見て緋皇は微笑み、そのまま凍りついた。扉から動こうとしない緋皇に花神が首を傾げる。

「どうしたの、緋皇？　入っておいでよ」

緋皇は口元、というか鼻のあたりを押さえながらもごもごと言った。

「フ、花神様が夜着をまとっていらっしゃるので」

「うん。今夜はおまえと一緒に寝ようかなと思って……僕、おまえの妃だし」

そういえばこの夜着を身につけるのも、初夜以来だ。珍しがってか緋皇が食い入るようにこちらを見つめている。長い髪をかき上げて、もっとよく見えるようにしてやった。

緋皇は大股で室内を横切り、あっというまに寝台の横まで辿り着く。その勢いに「うわ」と驚いていると、緋皇はその場で跪き花神の裸足(はだし)の爪先に口付けた。

「ひゃ、やっ、くすぐったいよぉ」

こそばゆくて鳥肌が立つ。それを宥めるようにふくらはぎを撫でながら、緋皇はもう片方の爪先にも口付けた。ぴくん、と花神が震えると、親指をぬるりと口の中へ含む。

「あ、やだっ」

慌てて緋皇の肩を押しのけようとするが、逞しい体躯はビクともしない。次々と足の指を舐められて、背筋から尾てい骨までぞわぞわする。

「緋皇！」

強い口調で咎めると、ようやく緋皇がおもてを上げた。悪びれるどころかギラついた眼差しを隠しもせず、伸び上がり花神の唇を奪おうとする。

咄嗟に逃げる身体を、寝台に押し倒された。こちらを見下ろす緋皇は、まるで獲物を前に舌なめずりする獣のようだ。心臓がうるさいくらい早鐘を打っている。自分がどうなるのか予想がつかない。こんなことは初めてだ。

手つきだけは恭しく、薄い衣をするすると胸もとまでたくし上げられる。胸がドキドキして保たない。花神は咄嗟に口を開いた。

「僕今日、イシカに会ったよ」

緋皇は大きく両目を見開いた。

「なっ……本当ですか!?　あいつ、さっき会ったくせに俺にひと言も言わず……！」

寝室に満ちていた淫靡(いんび)な雰囲気が消し飛んだ。花神はおもむろに半身を起こした。それにも気づかず、緋皇はブツブツと口の中で呟いている。今目の前にいる花神よりも、イシカのことが気にかかるらしい。

緋皇を眺める目がつい冷たくなった。室内の空気も同じように冷え込む。

「花神様……？」

「おまえ、イシカとよく会ってるそうだね。昨日もだって？」

昼間の洗濯女たちの話を思い出しながら花神は訊ねた。あくまで笑顔は崩さない。だが何かを察したらしい緋皇は、寝台の上で居住まいを正した。

「是。イシカには後宮を任せていますので、確かに会う頻度は高いですが……」

「昨日、おまえこの寝所にいなかったよね」

花神がカマをかけて訊ねると、緋皇は素直に頷いた。

「昨夜はイシカのもとへ行き、そちらで泊まりました。その、あくまで後宮に関する報告を受けていた、それだけなのですが」

緋皇のなんとも白々しいことばに花神の笑みが深くなる。

「そう、報告を〝一晩中〟かけて……そりゃ、じっくりたっぷり聞けただろうね」

「花神様……もしかして何か誤解をしていらっしゃいませんか？」

誤解？　神が誤解などするものか。側室のイシカに緋皇は後宮を仕切らせていて、寝物語にその報告を受けているのだ。花神はきちんと理解している。

緋皇がこちらに手を伸ばす。彼に触れられるのは嫌いではない。そう思っていたのに、何故だか今は虫酸が走る。

「僕に触れるな！」

花神は気を全開にした。衝撃で緋皇が寝台から転げ落ちる。花神は神通力を使って部屋中の灯りを消した。

「疲れたから、もう寝る」

ばふ、と寝台に横になる。しばらくすると緋皇が寝台に這い上がってくる気配がした。敷布の上をにじり寄ってきたところで、花神はぴしゃりと言った。

「僕に触れたら今すぐこの部屋を出て行く。眠いから声も出すなよ」

背後で息を呑む音が聞こえた。緋皇は花神の言いつけを守り、それ以上近寄らず声も漏らさなかった。

（僕は緋皇のものじゃないけど、緋皇は僕のものだろ！）

神は傲慢だし嫉妬深いし、総じてロクでもないものだ。

（つまりこれは僕が嫉妬しているわけじゃないくて、神としての気質が嫉妬しているだけ

であって……くそっ）

緋皇のバカと声には出さずに呟いてやる。体温を感じるくらいすぐ後ろで、ちいさなくしゃみが聞こえた。

以前緋皇は花神を見て欲情していた。男神である己の裸身を見て反応するくらいだったから、緋皇は忙しくて女性と寝る暇もないのかと思っていた。

花神は妃だし、可哀想な緋皇のお世話を、ちょっとだけしてやってもいいかな、なんて思ったのだ。しかし緋皇がどこかで発散しているというのなら花神の出る幕ではない。

（最後までするのは、できればあと数十年くらい待って欲しいけど……けど！　この前くらいのことだったら……ちょっとくらい許してやろうと思ってたのに！）

イシカと会ってから、否、彼女と緋皇の話を聞いてからずっと胸がモヤモヤしている。天界にいた時はこんなモヤモヤ感じたことがなかった。

今はもう、早く寝てしまいたい。花神は無理やり瞼を閉じた。

四

空には黒々とした雨雲が垂れ込めている。窓から身を乗り出すように天気を確かめていたシエンが首を振りながらぼそっと呟いた。

「皇帝と神の婚姻の日なのに、幸先が悪いですね」

「そうかなあ。ひょっとして天龍がお祝いしてくれてるのかもよ」

花神が婚礼衣装をまとうのを手伝っていた女官ふたりが、満足げなため息を吐く。

「あ、終わった？」

座っていた椅子から立ち上がる。双子の女官たちは合わせ鏡のように互いの手を取り合うと、涙に咽びつつ言った。

「死ぬほどお綺麗です、皇后陛下」

「皇帝陛下にさえ勿体ないほどお綺麗です、皇后陛下」

「それ絶対に緋皇の前で言ったらダメだからね？」

真っ赤な鼻を啜りながら、双子の女官が出て行った。

シエンの言う通り、今日はひと月続いた祝言の最終日、帝国民の前で結婚の宣誓を行う日だ。帝都内に祭祀場が建設され、人々が祝う場が設けられたのである。

宮殿から祭祀場までは緋皇と一緒に輿に乗って向かう。もう間もなく呼び出される筈だった。

「それより、僕の格好おかしいところはない？ ちゃんと着れてるかな？」

花神は己の、真紅の花嫁衣装を見下ろした。
男神のくせに女物を着るのはどうかと思うが、長身のわりに細身なのでそこまで変では
ないと思いたい。シエンも不承不承と言った様子だが「お似合いです」と請け負ってくれた。
襟元や袖口、裾には玉が縫い付けられ、絹の織物に花神の目から見ても見事な刺繍が金
糸で施されている。贅を尽くした豪奢な衣装ではあるが、天の衣と違ってずしりと重たい。
花神は椅子に腰を下ろしたまま、部屋の隅へと目を向けた。
そこには仕立てられたばかりの竜胆色の衣装も準備されている。民の前で宣誓した後、
あの衣装に着替えて帝都内を巡る予定だ。
「主様の暴挙をお止めできず申し訳ありません、天主様」
「もう、シエンったら今更何を言ってるの」
花神がわざと呆れた声で言ってやると、シエンは真剣な顔で向き直った。
「今更でもなんでも言いますよ。人々の前で正式に婚姻を誓ってしまえば、もう後戻りは
できませんよ。いくら主様が神とは言え、多少の制約も生じます。人間である緋皇殿と
番ってしまって、本当に宜しいのですか」
跪き花神の手を取って問いかける。幼い姿をしているが、シエンとて花神に仕えて千余
年経つ。格で言うと仙獣ではなく神獣に相当する。花神は繋がれた指を、もう片方の手で
包み込んだ。

「問題ないよ、シエン。〝僕〟が良いと決めたんだから」

シエンはじっと花神の瞳を見つめた後、何やら納得した様子で指をほどいた。拱手し首を垂れて告げる。

「是。主様の御心のままに」

部屋の外から花神を呼ぶ声がする。あれはきっと雲嵐だろう。シエンに手を引かれ花神は椅子から立ち上がった。

「それにしても僕の神使は心配性だねえ」

「誰が心配させていると思っているんですか。それにしても、主様と天主様はいつの間に婚姻に関する取り決めを行っていたのですか？　先におっしゃってくださっていたら私だって……」

長すぎる衣装を引きずらないよう、シエンが背後に立って手伝ってくれる。前を進む花神は振り向かぬままきっぱりと言った。

「え？　僕の婚姻について天主様と取り決めなんかしてないよ」

「……はあ!?　取り決めもないのに好き勝手して、絶対に叱られますよ！」

「だって考えてみてよ。そもそも僕の番を僕が決めて何が悪いの。天主様には事後承諾させればいいでしょ」

顔を真っ青にしてシエンは全身をわななかせた。少々大袈裟な反応だと思う。

花神が誰を伴侶に選ぼうと、天を司る我らが主なら、宇宙のように広大な心でどーんと許してくれる。筈である。たぶん。

シエンの余計な小言を聞く前に、花神はさっさと室外へ出た。待機していた雲嵐が、花神の姿を一目見るなり顔を真っ赤にして絶句した。

「ふふ、どう？　似合う？」

小首を傾げると金細工の冠がしゃらりと音を鳴らす。雲嵐はガクガクと頭を縦に振った。どうぞこちらへ、と回廊の先を示す指が震えている。

（あらら、ごめんね。神の気に当てられたかな？）

己から神気が漏れているのかも知れない。つまり花神とてこの結婚に多少は浮かれているという訳だ。

それが分かっているせいだろうか、シエンはぐっと口を引き結んでいる。

（シエンもごめん。僕が型破りなせいで、いらない苦労をかけちゃってるよね……）

念話をした訳ではなかったが、千年以上連れ添っている神使にはこちらの思いなど筒抜けなのだろう。諦め顔ではあったが、シエンはちいさく頷いた。

雲嵐が示した回廊には赤い絨毯が敷かれており、それが花婿のもとまで続いている。花嫁は裸足でこの絨毯の上を進むのだ。

裸足の爪先を踏み出す。するとどこからともなく花が咲き、花神の素足を受け止めた。

（ふふ、ありがとう）

潰してしまわぬよう注意しながら、花の絨毯を進む。やがて回廊の終わりに近づくと、緋皇の姿が見えた。

花神と同じ真紅の衣装を身につけており、頭には皇帝の証である宝冠を被っている。腰に差しているのは、緋獅族に伝わる宝剣だ。女神が始祖に降嫁する際、天より持ち出した神剣だと言われているものである。言われてみれば、確かに神気を帯びていた。だが長く現世にあったせいか、その神気も今は薄い。

緋皇は眩しげに花神を見つめ、そっと手を差し出してきた。その手を取ると、緋皇は花神を横抱きに抱えた。

ここから宣誓までの間、互いに声を立てることは禁じられている。

緋皇は花神を抱えたまま、よろめきもせずすたすたと歩き出した。従者たちがその後を無言でついて来る。何人たりとも皇帝の前を歩くことは許されないのだ。

そのまま宮殿を出ると、用意されていた輿に向かう。そこで花神は緋皇に沓を履かせて貰った。絹で織られた沓は柔らかく、甲の部分には紅玉が嵌め込まれている。

（わあ、大きな紅玉。このあたりでは採掘されない筈だから、異国のものだよね）

先に花神を輿に乗せ、緋皇も隣へ乗り込んでくる。揺れるたび、緋皇は花神の肩をしっかり抱き寄せてくれた。

実はこうしてふたりきりになるのは、イシカの件で花神が機嫌を損ねた夜以来だった。緋皇は式の準備と通常の政務にくわえ、蒼(ツァン)の近辺で近頃あやしい動きがあるらしく、慌ただしい日々を送っていたのだ。

あれから緋皇がイシカについて説明しようとするたび、花神は神気を使って黙らせた。世継ぎのために側室が必要なのはわかっている。別に言い訳など必要ないのだ。

ふと己の肩を抱く緋皇の指が震えていることに気がついた。

(これから儀式だから緊張している?)

緋皇の様子を窺うと彼もまたこちらを眺めていた。ふと、緋皇の想いが花神の中へと流れ込んでくる。

(あ――)

胸が苦しい。締め付けられるような痛みに呻きそうになる。どうして涙があふれそうになるのだろう。緋皇の想いに同調しているのだと気がついて、花神は流れてくる想いを押しとどめた。何故だか緋皇の顔を見ていられず、肩口にしがみついた。

(おまえはこんな想いを僕に抱いているの)

好きだと口に出すことばは甘いのに、想いは苦くつらい。

(おまえが、人間だからなのかな。だったら神である僕には永遠にわからないのかもしれない)

祭祀場の前でふたりを乗せた輿が止まる。祭祀場は背面が階段になっており、それ自体が巨大な祭壇となっていた。周辺にはぐるりと衛兵たちが控えており、皇帝や皇后に危害を加える者がないよう警備している。

緋皇に手を引かれ、花神は階段を上った。壇上から集まった群衆を見下ろすと、彼らの思いが押し寄せてくる。

『なんだい、これじゃあ皇帝陛下も皇后陛下も米粒くらいにしか見えやしねえ』

『あれが皇后か、よく見えねえ。さぞかし別嬪(べっぴん)なんだろうが……』

『三の通りで酒が振舞われているらしい』

皇帝の婚姻を祝福している者や、お祭り騒ぎに乗じている者がほとんどで、思ったより負の感情を抱いている者が少ない。

『ケダモノ皇帝だろうが、栄の悪政に比べりゃずっとマシだ』

『緋皇陛下万歳！』

『ああ、少しでも陛下の尊顔を……』

『ああ、めでたい。炎の治世が続きますように』

緋皇が何をしたのか考えれば、驚くべきことだった。勿論この場にいるすべての人間が手放しで喜んでいるわけではない。だが半数以上は皇帝の結婚をめでたいことと考えているらしかった。

（よかったな、おまえ。結構民に好かれているみたいだよ）

彼が善政を布いているおかげだろうか。緋皇がいつも民を案じていることを知っているので、彼の思いが報われているようでなんだか花神まで嬉しくなった。それにいつも神として人を祝福する立場にある自分が、祝われる立場なのがくすぐったい。

隣にいる緋皇へ視線を向けると、すぐに熱っぽい眼差しが返された。今、声を出せないのがすこしだけもどかしい。花神が緋皇の手を握ると、すぐに握り返してきた。

祭壇の端に控えていた祭祀長が、ふたりのもとへ進みでる。いよいよ儀式が始まるのだ。

花神は緋皇から手を離し、居住まいを正した。

篝火が焚かれ、祭祀長が寿ぎを唱える。

「心よりおふたりのお幸せをお祈りいたします」

花神は空を見上げた。雲の隙間から僅かに光が差している。天が花神と緋皇のふたりを祝福してくれているようだ。

祭祀長が篝火から松明に火をつけ、ふたりの前で振る。炎で邪気を払い新郎新婦を清めるのだ。穢れなき身となったふたりは、天主に結婚の誓約を唱える。ほぼ帝都中の人間が集まっているというのに、あたりが異様な静けさに包まれた。

多くの人々が見守る中、緋皇が口を開こうとした瞬間だった。

人々の頭上に稲妻が炸裂する。あちこちで悲鳴が飛び交った。

（あれは）

大きな影が天を横切り、あたりは闇に包まれた。曇天だったとはいえ、日中にここまで暗くなるのはあり得ない。

慌てる祭祀長や衛兵たちをよそに緋皇は油断ない目つきで周囲を窺っている。制約を忘れ花神は思わず呟いた。

「――龍だ」

天を埋め尽くすほどの大きな影は、のたうつ龍であった。炎とともに吐き出された咆哮（ほうこう）に、恐慌状態に陥った民が我先にと逃げ出す。

「僕たちの婚姻を祝いに来た……ってわけじゃなさそうだ」

勢いに押され倒れた人々が踏みつけられぬよう、花神は咄嗟に道を作った。こんな時のための兵士だろうにいったい何をしているのだろうか。

しかし周囲を見回すと、次々とその場にくずおれる衛兵の姿があった。これは術だ。それも人間の使う仙術ではなく、神の力によるものだ。

「お下がりください、花神様」

いつのまにか剣を抜いた緋皇が、花神の身を庇う。それと同時に天にとぐろを巻いていた龍が、こちらへ向かって突進して来た。

反射的に「わあ」と悲鳴を上げて目を瞑る。

（……）

花神は待った。しかし、いくら待てども予想していた衝撃がやって来ない。

恐る恐る瞼を開くと、こちらをじっと覗き込む龍と思い切り目が合った。思わずのけぞったところで、龍の背に男が乗っていることに気がつく。正確に言うと乗っていたのは男神だった。

「ええっ、龍が神使なの!?」

つい叫ぶと背後から不穏な気配が漂ってきた。『鳩で悪かったですねえ』とわざわざ念話で言われてしまった。

『いや全然悪くないし、っていうか今はそれどころじゃないだろう!?』

『ケッ』

男神は黒髪で、額に二本の角が生えており、龍の血を引いているのがわかる。顔立ちは整っているが、軍神らしく荒々しい凄みがあった。悠長に己の神使と喧嘩をしている場合ではない。

（こいつが蒼の軍神か……）

緋皇が前へ進み出ようとするのを花神は制する。軍神が楽しげにこちらを見物していた。

「花神様……」

「大丈夫、僕に任せて」

軍神は龍の背から、ひらりと祭祀場に飛び降りた。民は逃げ出し、こちらに注目している者はほとんどいない。花神はゆっくりと片手を上げた。

身構える軍神に花神は微笑んだ。相手が目を見張った瞬間、あたり一面夥しい花びらに包まれた。

視界を埋め尽くす薄桃色の花びらに、軍神がおお、と声を漏らす。龍が頭をもたげたが、軍神はそれ以上神使に命じることはなかった。

花の嵐が止み、倒れていた兵士たちが立ち上がる。花神の気を込めた花びらを降らせて、ケミナの術から兵士を呼び覚ましたのだった。軍神は大声で笑い出した。

「なかなか小気味良い趣向であったが、もうしまいか？　うん？」

緋皇が軍神を睨みつけるが、軍神は歯牙にもかけない。花神だけを見つめ、言った。

「それにしても、神のくせに人に嫁ぐとは酔狂な奴だ。貶められるのが性癖だと言うのなら、この俺が存分に嬲ってやるぞ」

花神が答えずにいると、軍神は無遠慮に手を伸ばしてきた。今にも斬りかかりそうな緋皇に、花神はゆっくりかぶりを振った。いくら緋皇が強いと言っても神には敵わない。ごめんねと胸の中で謝りつつ、術を使い緋皇の動きを封じた。悔しげに歯を食い縛る緋皇から、そっと目を逸らした。

軍神は花神の髪をひと筋すくい、恭しげに口づける。冷たく見返す花神の顔をじっくり眺めてから、軍神は声を立てて笑った。

「うむ、頭は緩そうだが美しいな。本気で我が愛神（あいじん）にならぬか？」

「……」

「正妻じゃないのが不満か？　生憎（あいにく）とその席はもう埋まっておるのでな。しかし人間の魔羅よりはずっと立派だぞ」

　顎を掴まれ、無遠慮に顔が近づいてくる。花神は抗わず相手の瞳を静かに見返した。

「花神様！」

　叫ぶ緋皇を尻目に花神はすっと身を退いた。

「遠慮しておくよ」

「それにしても花神とは、聞いたことのない名だ。まあ花を降らせるしか能のない、低級神ではな」

「無礼な！」

　緋皇が叫ぶのと同時に、その身が横倒しになった。軍神が力を振るったのは明らかだ。花神が緋皇に駆け寄ると、軍神はわざとらしく拱手した。

「おや、緋皇陛下そちらにおいでか。これはこれは、気付かず大変に失礼をした。我は軍神ケミナと申す。このめでたき日に蒼国王より祝儀を持って参ったので検められよ！」

　花神の手を断り、緋皇は己が力で立ち上がった。怯むことなくケミナを睨みつけている。

龍の背がうねり、ぼとぼとと何かの塊（かたまり）が降ってきた。

腐敗した肉の匂いに、花神は思わず目を伏せる。隣で緋皇が息を呑む音が聞こえた。それは五つの首だった。血に染まっているが、そもそもの頭髪が赤い。

「蒼に巣食っていた汚い鼠どもだ。お返しする」

花神は市場でのやり取りを思い出した。緋皇は細作たちが帰ってこないことを心配していたのだ。緋皇の顔が怒りに歪む。

「え、嘘……!?」

神通力で拘束していた筈の緋皇が飛び出す。一気にケミナとの間合いを詰めると、腰の剣で切りつけた。

ケミナがそれを紙一重で避ける。その筈だったが、一筋の血がこめかみに滴る。花神はあっと声を漏らした。

人間の武器で神に傷をつけることはできない。だが神剣だったら話は別だ。

(でもあの剣にはもう神気は残ってなかったのに……あれ？)

神剣に力が漲（みなぎ）っている。緋皇を拘束した時使った神通力が、緋獅族の宝剣に注がれたのだろう。だから緋皇も動けるようになったのだ。

ケミナは流れた血を指で拭い、べろりと舌で舐め取った。

「めでたい日ゆえ、今日は汝（なれ）の命見逃そう。次はその首を貰いに来る」

ケミナはそれだけ告げると龍の背に乗った。そのまま龍が飛び立とうとしたところ、花神の背後で鎌鼬（かまいたち）が巻き起こる。花神はハッとして叫んだ。

「シエン、駄目……っ」

神使の術を止めようとしたが、鎌鼬がケミナと龍に襲いかかる。龍が無造作に尾を払うと、それだけでシエンの術は霧散した。ケミナに至っては身じろぎさえしていない。

篝火が倒れ、燃え盛る炎が床の上を舐める。

「非力なのは主譲りか。小鳥では我が神使の腹の足しにもならぬな」

鼻白むケミナに、シエンが食ってかかろうとする。だが次の瞬間、視界が白く光った。

ケミナの雷撃だ。人々の悲鳴があちこちで上がる。

（駄目だ……！）

緋皇と花神を祝いに来てくれた人々だ。神の気まぐれなどで殺させたりしない。花神は咄嗟に人々の頭上に防御壁を張り巡らせた。

（お願い、保って……！）

己の神気をすべて防御壁へと変換させる。雷撃はまだ止まない。花神は歯を食いしばった。その時だった。

緋皇が剣を掲げる。龍とケミナを真っ直ぐに見据え、緋皇は腕を振り切った。

放たれた神剣はケミナたちへと逸れることなく向かっていく。閃光が弾け、視界が灼けた。

龍の咆哮が鼓膜を揺らす。やがて視力が回復し、花神はあたりを見回した。雲の向こうに去って行く龍の姿が見える。

すぐ隣では緋皇が片膝をついていた。神剣を使ったせいで気に当てられたのだろう。手を取り立たせてやると、少しよろめいたがちゃんと自分の足で立った。

「花神様！」

シエンの叫ぶ声にハッとする。気がつけばあたりはすっかり炎に包まれていた。階段は既に焼け落ちていて使えない。

「シエン、僕たちを乗せて飛んで！」

神使は渋い顔で首を横に振った。

「さきほどケミナ神に攻撃をした際、術を封じられてしまいました。今は変化できません」

「嘘でしょう!? 僕も全神気を防御壁に使ったから飛べないよ……！」

あたふたする神とその使いをよそに、緋皇は落ち着き払って言った。

「花神様、シエン殿、私に掴まってください」

緋皇はシエンを小脇に抱えると、花神の腕を己の首へと回させた。しっかりしがみついたところで、花神は見た。

意識を取り戻した兵士たちが、我先にと地上に飛び降りている。抱えられている者同士、思わずシエンと目が合った。

「お、お待ちください緋皇殿っ」

「まさかおまえ、この高さを飛ぶつもりじゃないよね？　僕たち今、術が使えなくて……ちょっ、本当に待って待ってってば！　この高さ二間（約三・六メートル）はあるよ！」

「花神様、舌を噛まぬようお気をつけください。しっかり掴まっていてくださいね」

緋皇に一切迷いはなかった。軽く助走をつけ、祭祀場の上から飛び降りる。せめてもの慰めに、絞りカス同然の最後の神気で落下の速度を少しでも落とそうと試みた。

「わああああ！」

着地と同時に、背後で祭祀場が崩れ落ちる。緋皇に抱えられたまま、崩壊に巻き込まれないよう逃げた。

地に降ろされるなり、シエンがぺたりと地に尻餅をつく。花神は緋皇にしがみついたまま、ほうと安堵の息を吐いた。

「花神様、お怪我はありませんか？」

「大丈夫、ありがとう」

息が触れるほど近くで覗き込んだ緋皇は、衣装がすっかり煤けている。きっと自分も似たような有様だろう。

兵士たちの怒号があたりに響く。近くの樹木に炎が燃え移らないよう奮闘する者、怪我人を救助する者、皆己にできることを進んで行っている。

「やっぱり僕、あんまり役に立たなかったね」

相手があっさり引いてくれたから助かったようなものだ。つい自嘲の笑みがこぼれる。

ふと硬く大きな掌が思いがけぬ優しさで髪を撫で、背中を撫でた。花神様、と耳元で零された息が熱い。顔を上げると緋皇と額がぶつかった。緋皇と名を呼びかけた唇に、乾いた指が触れる。花神は睫毛を震わせた。

「龍がなんだー！　ちょっと天気を変えられるくらいでいい気になるなよ！」

思わず肩越しに振り返る。花神の頭で顎を打った、緋皇の呻く声が聞こえた。

「ちょっと風を操れて雷雨を降らせるからなんだってんだ！　美味しいお茶一杯も淹れられないデカブツの癖に……！」

シエンがケミナの消えた方角へ向かって叫んでいた。緋皇と顔を見合わせて苦笑する。

「白鳩が龍に張り合ってどうするの」

「だって悔しいじゃないですか……。婚姻の儀式だってめちゃくちゃにされて……」

花神はふと、近衛兵たちが遠巻きにこちらを見ているのに気がついた。彼らの瞳には失望の色がはっきりと浮かんでいる。

(戦えないと言っていたが、まさか本当に手も足も出ないなんて……)

(同じ神なのに、蒼の軍神とあまりにも格が違いすぎる)

（陛下は外れ籤を引いてしまった）

どれも神下ろしの儀に参加した兵士たちだ。花神に期待していたぶん落胆が大きかったのだろう。

緋皇はあたりを見回し、独り言のように呟いた。

「神にとって人間の命など、取るに足らぬものなのでしょう。我々が地を這う虫を踏みつけて注意を払わぬのと一緒だ」

「緋皇……」

視線を花神へ戻し、緋皇ははっきりと宣言した。

「たとえ人の身で神に挑むのが無謀であろうとも、私は軍神を許さない」

ケミナやその神使の力を目の当たりにして、言い切れるとは大したものだ。頷きながら花神はそっと息を漏らした。

（あーあ、これはもう、無茶をしないように僕が見張っていくしかないよねえ）

正直さきほど緋皇が軍神ケミナに一撃を浴びせたのは痛快だった。だがやはり相手は神なのだ。どう足掻いたところで人に勝ち目はない。

（まったく……こんな危なっかしいヤツ、僕がいないとダメなんだから）

どうせ乗りかかった船だ。こうなったらとことんまで付き合ってやろう。

（だっておまえは僕の伴侶なんだ。他の神になど殺されてたまるか）

ふと、隣に立っていたシエンがぶるりとその身を震わせた。

「主様……その笑顔、怖いです」

「ふふふ……」

祭祀長が地面に倒れたまま呻いているのが見えた。どうやら着地に失敗したらしい。無事だった兵士が、祭祀長を抱き起こしている。

「花神様、緋皇陛下、よくぞご無事で……！」

声のしたほうへ目を向けると、雲嵐がこちらへ駆け寄ってくるところだった。大事そうに抱えているのは花神の衣装だ。やって来るなり雲嵐は土下座せんばかりの勢いで謝罪した。

「花神様、誠に申し訳ありません。大事な衣装が……」

雲嵐はその場に跪き、抱えていた竜胆色の衣装を広げてみせた。どうやら飛び火したらしく、一部が焦げている。炎の力で浄化されてしまい、織り人の想いは生地から剥がれてしまったようだ。

(僕の神通力で形だけなら直せるけど……それじゃ意味がないよね)

煤で汚れた雲嵐の頬を花神はそっと拭ってやる。涙ぐむ少年に、花神は優しく微笑んだ。

「衣装より、雲嵐が無事で良かった。他に怪我をしている者はいない？」

袖で乱暴に目元を擦り、雲嵐は首を左右に振った。

「祭祀長が腰を打ったのと、兵士の何人かが足を挫きましたが、皆命に別状はありません」

「そう、良かった」

緋皇のほうを振り向くと、駆けつけてきたシシと話し込んでいる最中だった。

近衛兵に抱えられるようにして、祭祀長がよたよたとやって来る。

「儀式の続きは如何しますか」

「えーと……どうするんだろう？」

ふたりして困惑していると、話を終えた緋皇が花神へと目を向けた。すぐさまシシは兵士を呼び集めているし緋皇の顔も険しい。祭祀長に断り、花神は緋皇のもとへ向かった。

「どうしたの？」

「炎の南東――陽江（ヤンジャン）に蒼軍が攻め入ってきたと、たった今報告が」

近くに控えていた雲嵐が「戦が……」と呆然と呟いた。緋皇がそれに頷いてみせる。

「ああ、これから戦が始まる。さきほどのケミナ神の訪れは、宣戦布告だったのだ」

その時だった。祭祀長の場違いな声があたりに響いた。

「儀式はどうなさいますか。おふたりの宣誓も終わっておりませぬ」

「それは……」

言い淀む緋皇は今すぐにでも戦場に駆けつけたいのだろう。花神は言った。

「今しちゃおうよ。シエン、雲嵐、手の空いている兵士たちを連れて来て。それほど時間は取らせないから」

ふたりは頷くと、すぐに数名の兵士たちを連れてきた。戸惑う祭祀長をよそに、心得た緋皇が腰から剣を抜き地に突き立てる。

「祭祀長、式の続きを。簡略にな」

「はっ……」

祭祀長が地に突き刺さった剣を抜き、天へ掲げる。それから緋皇の肩に剣を置いた。

「夫、炎帝国皇帝緋皇。妻、花神」

髪のひと房を手に取り、切り取る。それから次に花神へと剣を向けた。力の加減を謝ったのかその切っ先が僅かに揺れ、緋皇が咄嗟に剣を掴む。

皇帝に凍えるような眼差しで睨まれ、祭祀長は全身をぶるりとおののかせた。息を整え、花神の髪を同じようにひと房切る。

「――宣誓を」

兵士に肩を借り祭祀長は祭祀場の炎の中へ、ふたりの髪を束ねて投げ入れた。

緋皇は花神の頬を両手で包み、囁いた。

「我、天主に宣誓す。我が生涯の愛を、花神様に捧げます。我が献身、我が命を、花神様に捧げます」

迷いのない眼で花神を見つめる。曇りのない薄灰色の瞳。これは己のものだ。花神は震えるようにそう思った。緋皇の手首に指を添え、花神もまた囁き返す。

「汝の愛、献身、命は――我のもの。天主に宣誓す」

花神のことばに、緋皇の瞳が炎のように揺らめいた。互いに目を閉じぬまま、誓いの口づけを交わす。

あたりには灰や火の粉が飛び交っている。祝う民衆もなく、婚姻の儀式はひっそりと執り行われたのだった。

五

婚儀の翌日。軍の高官たちが集められ、さっそく軍議が開かれた。

――蒼（ツァン）、炎（イェン）に攻め入る。

その一報は瞬く間に広がり、帝国周辺は一気にきな臭くなった。

「蒼の宣戦布告と時を同じくして地方で内乱が起きております」

赤い髪の緋獅族の男が、卓の上に広げた地図の二箇所を指差した。どこも今攻め入られている陽江から馬で五日から十日はかかる場所だ。こちらの兵を分散させるのが目的であることは明らかだった。

「蒼の手引きか……」

シシがふん、と鼻を鳴らす。緋皇（フェイホアン）は黙って室内を見回した。さほど広くもない部屋に十五人の男たちが顔を突き合わせている。正確に言うと十五人と一柱だ。

花神（フウアシエン）は椅子に腰を下ろし大人しく会議を眺めている。編んで長く垂らした黒髪を弄んでいると隣に座っていた男に咳払いをされた。

ごめんねと言う代わりに微笑むと相手は思い切り赤面し、盛大に噎せた。その反応に首を傾げる。ひょっとして何か無作法でもしただろうか。軍議など初めて参加するので、勝手がよくわからなかった。

緋皇がチラチラとこちらへ視線を寄越すので軽く手を振ってみせた。頭が痛むのかこめかみを揉んでいる。

――昨日の話だ。

婚姻の儀式が終わり、緋皇と花神はふたりで寝所へ向かっていた。前を進んでいた緋皇が「あ」とその歩みを止める。寝所の前にひとりの女官が立っていた。

遠目からでも艶やかな衣装とその衣装に引けを取らぬ美しい赤い髪がよく目立った。イシカだ。彼女は花神たちの前まで進み出ると、優雅に一礼した。

「陛下、内密のお話がございます。どうかお人払いを」

緋皇がちらりと花神を盗み見る。これ以上ないほどにこやかな顔で花神は言った。

「どうしたの、話があるのなら部屋に入って貰ったら？」

「……花神様のお許しが出た。入れ」

深い息を吐き、緋皇は扉を開きイシカを招き入れた。花神も勿論同席する。人払い、ということは神である花神には関係ない筈だ。

室内を整えていた双子の女官が、皇帝と皇后、イシカの登場にぎょっとする。茶の用意をしようとするふたりをイシカが止めた。

「結構よ、下がりなさい」

女官たちが立ち去ると、イシカはちらっと花神のほうを見たが、すぐに緋皇へと向き直った。

「おいアスカ、蒼の軍神が現れたというのは誠か！」

炎皇帝の胸ぐらを掴まんばかりに迫る女官――こんな真似ができるのはイシカしかいないだろう。女性というと天女や女神くらいしか知らない花神は、思わず両目を見開いた。

緋皇が苦々しい顔で窘める。

「後宮勤めで多少は女らしくなったかと思えば……イシカ、花神様の御前ぞ。わきまえよ」

「申し訳ありません」

イシカはその場で片膝をつきこうべを深く垂れた。

「僕なら気にしないから！」

イシカの手を取って立たせると、彼女は屈託なく微笑んだ。しかし次の瞬間には柳眉を釣り上げてまた緋皇に迫っている。

「では蒼軍が陽江に攻め入った話も本当だな。すぐに発つのか？」

緋皇は頷くと、素早く言った。

「ああ、一両日中にな。それと、おまえを連れて行くことはできないぞ」

皇帝の眼前にもかかわらず、イシカは荒々しく舌打ちした。言葉遣いといい態度といい、普通であれば首が飛ぶところだ。

「ふざけるな。後宮に詰めていようが我が弓衰えてはおらぬぞ」

「待て待て、わかっている。……おまえの馬術と弓の腕は俺をも凌ぐ。だが此度の戦は緋獅族だけで戦うのではない。軍規というものがあり、女の帯同は許されぬ」

「私は緋獅だ、軍規など知るか！　そんなくだらぬもの犬に食わせてしまえ！」

イシカの剣幕に花神は思わず肩を揺らす。緋皇はさりげなく花神を背に庇い、イシカの肩を叩いた。

「ああ、確かにくだらぬさ。だが軍規はともかく、おまえには宮殿の護りを任せたい」

「……」

「ここにいるのは味方ばかりではない。そして俺が信頼できるのはシシ、そしてイシカおまえたちふたりだけだ。わかっているだろう？」

「……まあ、そりゃ……わかってるけどさ」

花神はイシカが淹れてくれたお茶を、ずずっと音を立てて飲んだ。行儀が悪いがだからどうした、と言ってやりたい。別にふたりの世界に入ってしまった彼らに対し、存在感を示したかったわけではない。断じて違う。

（緋皇のヤツ、あんな甘い声を出してしっとり肩まで抱いて……閨ではいつもあんななの？　皇后の目の前でわざわざイチャつくなっての！）

花神の様子に気が付いたのか、緋皇がさりげなく身を退いた。

イシカはしばらく無言で緋皇を睨みつけていたが、やがてちいさく溜息を吐いた。不機嫌な様子を隠しもせず、イシカは緋皇の胸を拳で殴る。

「覚えておけ。貸し、ひとつだぞ」

押し殺した声でそれだけ言うと、イシカは花神にだけ頭を下げ部屋から出て行った。扉の向こうの足音が遠ざかってから、緋皇は額を片手で覆った。

「まったく！　あいつは俺の手に余る……」

「ねえ、緋皇」

花神が呼ぶと緋皇はぎくりとした。冷笑を浮かべつつ、己の夫を横目で見る。

「まさかとは思うけど……僕のことも置いて行く、なーんて言わないよねえ？」

「は？　は、いえ……？」

　珍しく緋皇が目を白黒させる。窓の外に視線を逸らしながら、口早に言った。

「あの、軍議の準備がありますので、そのお話はまたのちほど……」

「ふうん、そう。僕もその軍議に出席するからね」

「お待ちください、花神様！　戦場では何があるかわかりません。その上相手は軍神なのです。それに味方も荒くれ者が多く、たおやかな花神様では……」

　緋皇のことばに花神は異を唱えた。

「だからだよ。蒼には軍神がついているんだもの、〝僕〟がいたほうが良いに決まっている。おまえは炎の皇帝で、僕はおまえと結婚したんだ。だったら僕は炎帝国を全力で加護しなくちゃ」

「花神様」

　花神のことばを聞いて緋皇は困惑しつつも喜んでいる。ここぞとばかりに続けてやった。

「そもそも本来神は人間の諍いにしゃしゃり出たりしないものだ。神と神が戦うならともかくね。あっちが先に理に逆らったんだから僕だってそれに倣うさ」

「主様がついて行って何か役に立つんですか？」

　緋皇と同時にびくりとする。シエンだ。どこからともなく現れて、冷ややかに告げられた。神使は緋皇と素早く視線を交わす。花神はもごもごと言った。

「う、疲れた兵士さんたちに綺麗なお花を見せてあげるとか……あ、食料が足りなくなったら木の実とか果物とか実らせられるよ」

「それはまあ……助かりますね、確かに」

なんとも歯切れの悪い返答だ。緋皇が真剣に花神の身を案じてくれていることはわかる。だが彼は大きな勘違いをしていた。

花神は、その名の通り神なのだ。そのへんの人間がどうこうできるような存在ではない。

(市場で襲われたのは不可抗力だし、軍神は……まあ多少厄介かもしれないけど)

イシカの次に花神ときて、緋皇としては一難去ってまた一難といったところだろうか。

「花神様、炎帝国皇帝軍の軍規では――」

「項百十七、女人の同伴を禁ず。でしょう？　僕は女人じゃない」

花神が軍規を諳んじたので、緋皇はぐっとことばに詰まった。夜、暇な折に書庫を訪れていた甲斐があったというものだ。軍規も帝国法もすべて覚えている。

「は。いや、しかしですね……」

「皇后なのが駄目？　じゃあまた人間に化ければいいよね」

言うなり花神は髪と瞳の色を黒く染めた。我ながら、さすがにめちゃくちゃだと思う。しかし、緋皇を戦場に送り出し、自分だけここでじっとしてなどいられない。

なおも反論しようとする緋皇の唇を、人差し指で封じる。

「僕ね、おまえたちに軍師として同行することにもう決めたから。軍師という立場なら、直接戦う必要もないしちょうどいいよ」

「しかし敵に攻め入られれば、軍師とて無事では」

花神は緋皇の瞳を覗き込んだ。視線を逸らさずはっきりと告げる。

「心配ならおまえが僕を護って」

緋皇が口を噤む。瞳が剣呑な光を帯び、花神のことばを受け止めているのだとわかった。

「花神様が望まれるのであれば、我が身命と引き換えにしてでも必ずお護り致します」

「頼んだよ、緋皇。それと……さっきも言ったけど僕はおまえたち炎を護りについて行くんだ。おまえが僕を護ってくれるように、僕だっておまえのことを護ってやるんだからな」

微妙な顔をする緋皇にシエンが横から口を挟んだ。

「緋皇殿、我が主は一度言い出したことは絶対に曲げません。諦めも肝心かと」

「……」

「そうだよ、神が決めたことは絶対に覆りません。というわけで、僕は花軍師。よろしく緋皇陛下！　ちゃんと軍議にも出席するよ～」

とうとう緋皇が両手で顔を覆ってしまった。その隙に花神はシエンに念話で話しかける。

『シエン、おまえはここに残ってね』

『私は神使なんですよ、正気ですか？　主様のお側から離れてどうしろと言うのです』

文句とは裏腹にシエンは落ち着いているように見えた。花神の命令を半ば予想していたのかもしれない。もしそうなら、さすが花神の神使は優秀だ。

『僕ならほら大丈夫だからさ。……それより、ちょっと気になることがあって』

眼を細め、宙を眺める花神にシエンは表情を改めた。

『気になるとは？　もっと具体的におっしゃってください』

『ここね……何か、紛れ込んでいるみたい』

シエンがさらに訊ねる前に、花神は「あ！」と声を上げた。いつのまにか緋皇の姿が消えている。花神は不敵に微笑んだ。

「ふーんだ。いくら姿を消したところで無駄だよ。もう僕の伴侶になったんだから、どこにいたって居場所はわかっちゃうもんね～」

鼻歌混じりの花神に、シエンが「主様」と改めた。気をつけろだとか、無茶はするなだとか、皆に迷惑をかけるなだとか、彼が言いそうなことはおおよそ見当がついた。伊達に千年一緒にいるわけではない。

神使のことばを奪うように花神は言った。

「炎を頼んだよ、シエン」

「主様こそ緋皇殿のお邪魔にならないよう気をつけてください」

「わかってるよ」

結局お小言を言われてしまった。幼子のようにぷう、と花神は頬を膨らませた。

そして翌日。

緋皇は花神から徹底的に逃げまくっていた。花神はそんな彼の気配を探って回廊を進む。

（あ、ここだ）

扉の前に兵士がふたり立っている。きっと見張り番だろう。笑顔を振りまきつつ扉を開けようとしたところ、慌てて止められる。

「やあ～ん、放してえ。痛いの、だめえ」

「こ、この野郎！　妙に色っぽい声を出しやがって……！」

兵士の鼻息が荒くなる。花神はさらに声を高くした。

「や、そんな強くしたら、……ああっ！」

その時だった、扉が内側からバンと開かれる。

「会議中だってのにうるせえぞ！」

いきなり怒鳴られ、兵士たちはびくりと身を震わせた。シシだ。その胸をそっと室内へ押しやりながら、涼しい顔で花神は言った。

「もう皆揃っている？　じゃあこの僕、花軍師で最後なんだね」

シシと一緒に入って来た花神を見て、緋皇はなんとも言えない顔をした。

円卓を囲む十五人の武官たちで室内はいっぱいだ。花神は立ち見するつもりでいたがシシが緋皇の隣の席を譲ってくれた。礼を言って着席すると、今度は別の武官がシシのために席を立った。

緋皇は頭が痛むのか俯いている。花神は立ち上がりパンパンと両手を打ち鳴らした。皆の視線が己に集中する。

「よ～し、軍議を始めようか」

皆の前でそれだけ告げて、特に仕切りもせず着席する。

次に緋皇が無の表情で席を立った。シエンがここにいれば、あの若さで達観できるなど見事です、などと持て囃したかもしれない。

緋皇は卓の上に地図を広げた。蒼との国境にある陽江には現在蒼の五万の兵が攻め入っている。青く塗られた木駒をそこに配置する。陽江に配置されている炎軍は一万。今度は赤い木駒を同じように配置した。

「帝都より陽江に五万の兵を出撃させる。次に内乱の起きている北部と東部だ」

緋皇の男らしく骨ばった指が駒を摘む。己の先細りの指とはずいぶん違うな、と花神はぼんやり眺めた。

「北部には三万の兵が駐在している。ここへは二万の兵を送る」

「おい、北部に二万も必要か？」

シシのことばに緋皇は頷いた。

「北部が通じているのは蒼だけではない」

「蒼だけではない、とはどういうことでございましょう？」

武官たちの中でもっとも老いた男が静かに訊ねる。花神は地図を眺め「ああ」と合点した。

「そのあたりで悪さするとしたらマナ族かな」

「マナ族……！」

幾人か声を上げたが、半数以上の武官たちはピンとこない様子だ。花神は続けた。

「マナ族ってのは大陸の北に住む一族だよ。彼らは定住せず、季節が巡るたび家畜とともに住む場所を移動するんだ。今の時期だとここまで下りて来ている」

花神も緋皇に倣って立ち上がり指で炎帝国の北部領の近くを示す。国境から馬でほんの四、五日ほどの距離だ。

地図の上で緋皇と視線が合う。顔には出さなかったが彼が驚いているのは明らかだ。ちょっとだけ得意になる。一応軍師と名乗ったからにはそれらしいことも言っておきたかった。

今度は若い武官が声を上げる。

「して、そのマナ族の兵数は……」

「細作の報告によると五千か六千。ただし彼らは緋獅族と同じくらい騎馬戦に優れている。兵数以上に厄介なことは間違いない。それにここは帝都に近く、万が一落とされたら蒼以上の脅威となる」

緋皇の言葉に武官たちが押し黙った。ここにいる誰もが緋獅族の脅威を理解しているのだ。

「北部へはシシ殿を大将にした緋獅族の主力部隊を送る」

武官たちが息を呑む。戦に強い緋獅族の兵は蒼軍へ送ると思っていたのだろう。シシだけが不敵な笑みを浮かべている。

「マナ族などすぐに打ち破り、蒼との戦に駆けつけてやりましょうぞ」

蒼軍討伐隊の隊長は緋皇、北部鎮圧部隊の隊長はシシ将軍、東部鎮圧部隊は老武官が隊長となった。

「それでは各々武運を祈る」

緋皇のことばで軍議は終わりを迎えた。

蒼討伐隊の出立は明朝と決まった。シシたち内乱の鎮圧部隊は今夜にも発つ予定だ。

「輿で移動するわけにはいかないし、僕にも馬が必要だよね」

「早急に手配しましょう」

緋皇に連れられ厩へと向かうと、まだ十かそこいらの馬丁がふたりを出迎えてくれた。髪は茶褐色だが緋獅族出身らしい。拱手をする馬丁に緋皇は笑って首を振った。すると少年も笑顔を浮かべる。

「雪ですね、陛下。すぐにお連れします」

「ああ、頼む。それと白石(ハクセキ)をこちらの花軍師に」

「かしこまりました」

馬丁は緋皇の背後に佇む花神に気づくと拱手した。笑顔で手を振ると馬丁はパッと目尻を赤く染める。

緋皇は片眉を跳ね上げたが、馬丁がバタバタと立ち去るのを無言で見送った。それから気を取り直した様子で訊ねてきた。

「花神様は馬に乗ったことはおありですか」

「ううん、これが初めてだよ。まあ白虎や玄武になら乗ったことがあるし、なんとかなるよ」

馬丁が連れてきた馬の一頭は、栗毛で額に星(白斑)があり後ろ足もまた白かった。緋皇はその首を優しく撫でながら花神に紹介してくれた。

「私の愛馬、雪影(セツエイ)と申します」

まるでそれに呼応するように雪影は微かに嘶(いなな)いた。緋皇は雪影の手綱を受け取ると、自らその背に鞍を乗せる。花神は雪影のたてがみを撫でながら訊ねてみた。

「確かここらへんじゃ白斑は凶馬の証でしょう。おまえは気にしないの？」

「緋獅族では足の白い馬は早駆けに適した馬だと言われていますので」

雪影の瞳を覗けば優しい気性であることがわかる。緋皇が首をぽんぽんと撫でてやれば、嬉しいのか馬は目を細めた。

「おまえは賢い子だね。ふふ、緋皇に大事にして貰うんだよ」

馬丁が連れていたもう一頭は鹿毛(かげ)の牡馬だった。これが花神の馬になるようだ。

「初めまして白石、僕は花神……じゃなくて花軍師。これからよろしくね」

花神が手を差し出すと馬は甲に鼻を近づけ、大人しくこうべを垂れた。人間に擬態をしていても、動物には花神の本性がわかるようだ。

「おや、もう白が懐いている。珍しいこともあるものだ」

馬丁が言うには白石は従順で扱いやすい馬だが、かなりの人見知りだという。その彼に見送られ、一度宮殿へ戻る。

「そういえば雲嵐(ユンラン)も元は馬丁だったと聞いたよ」

「是、彼の馬の扱いは素晴らしかった。緋獅族以上と言っても良い。栄帝国の文官たちはあらかた処分したところだったので、彼にはずいぶん助けられました」

「馬丁だったのに学があったのは凄いね」

「ああ、それは彼の姉が後宮にいて、その姉から色々学んだのだとか」

「へえ！　そうなんだ後宮にねえ～」

ことばを繰り返す花神に何を感じたのか知らないが、緋皇は早口で付け加えた。

「私はまだ会ったことがないのですが、シシ殿が言うにはなかなかの美女であると」

「ふうん、どうやら才媛みたいだし、戦が終わったら会ってみようかな」

「は……」

緋皇が後宮の女にほとんど手をつけていないという噂はどうやら本当らしい。ということはイシカだけを何度も呼び出していた、という噂もやはり正しいのだろう。

花神はイシカの武人のような物言いや立ち居振る舞いを思い出す。緋獅族の緋皇は、たおやかな後宮の女性よりイシカのように勇猛な女性が好みなのではないか。

（ん？　ってことは天界生まれ天界育ち、たおやかな神である僕は緋皇の好みからは遠いのでは？　あと本当に今さらだけど男神だし！）

花神は無意識のうちに足を止めていた。気がついた緋皇が顔を覗き込んでくる。その頬を思わず両手で押さえた。

「ど、どうかされましたか？」

神を崇拝する気持ちと、誰かを愛する気持ちは違う。――ような気がする。花神は恋を知らないので想像することしかできない。

（恋ってどんな気持ちなんだろう。嬉しい？　楽しい？　苦しい？　僕がもし、おまえに恋をしたら……）

花神はふいに我に返った。顔を真っ赤にした緋皇が、額からだらだら汗を垂れ流している。嫌なんだったらこの手を振り払えばいいのに、何故彼は耐えるのか。

（僕が神だから遠慮してるのかなあ）

緋皇を自由にしてやると、ホッとしつつも少しだけ残念そうな顔をする。彼が嫌じゃないのだったら、もっと触れていたかった。そんなことを思いながら、花神は言った。

「ねえ、緋皇……やっぱり戦場へ向かうんだから僕も剣か槍を持ったほうが良いかな？」

止めていた足を動かすと、今度は緋皇が足を止めた。

「ちなみにですが花神様、剣や槍の扱いは……」

「今回が初めて！」

「……」

緋皇のなんとも言えない表情を見て、花神はムッとした。

「僕だって戦えるよ！　ちょっとくらいなら……たぶんだけど」

言い募るごとに声がちいさくなってゆく。緋皇は花神の手を両手でそっと握った。

「花神様にも武器はお持ち頂くつもりですよ。勿論、私がお側にいて必ずお護りするつもりですが」

それから緋皇は真顔になると花神をじっと見つめた。

「本当ならば、御身を戦場になど連れ出したくありません。しかし相手は軍神、帝都にいれば安全とも言い切れません。私の不在時に花神様を攫いに来ないとも限らない」

「僕は大丈夫だよ、緋皇」

自分の耳にすら出任せな返事に聞こえる。緋皇は緩くかぶりを振った。

「ひとつだけお願いがございます。もし我が命が尽きた時は、花神様はどうか天界へお戻りください」

ことばとは裏腹に、その瞳は爛々と輝いている。負けるなど微塵も思っていない様子だ。なんと強烈な魂だろう。たとえ天から見下ろしても、これほどの煌めきを見逃すとは思えなかった。

「僕はおまえに死んで欲しくないよ」

悠久に身を委ねる花神にとって、人間の生は流星のようだ。ほんの一瞬だけ鮮やかに輝き、燃え尽きてしまう。そんな命たちを花神はずっと愛でてきた。

緋皇が死んでも彼の魂は消滅しない。冥界へ行きそこで留まるのか、あるいは輪廻(りんね)の輪を巡るのか。生きているうちに修行して仙人となり、天界へ上ることだってあり得ない話ではない。

(おまえの魂、熱く滾(たぎ)るこの煌めきが、もしも形を変えてしまったら……)

花神はきっと惜しむだろう。今の緋皇を損ないたくないと願っている。人間や仙女たちが持て囃す恋情とは違うのかもしれない。だが自分が緋皇のことを気にかけているのは事実だ。

「……意外でした」

緋皇がぽつり、と呟くので花神は視線で先を促した。彼はすこし迷ってから口を開く。

「花神様は天の方。今すぐにでも天界へ戻りたいと思っていらっしゃるのかとばかり……」

「天には勿論戻りたいよ。でもおまえが死んだら僕は悲しい」

素直に告げると、緋皇は唇を噛み締めた。感極まったように瞳を潤ませる。

「そのおことばを聞けただけで、俺は……」

「ことばが欲しいならいくらでも言ってやるよ。死なないで緋皇、僕と生きよう。僕はね、おまえと添い遂げると決めたんだ」

「花神様……」

緋皇の顔が近づいてくる。察した花神は目を閉じて待った。柔らかく押し付けられる唇にふっと笑みがこぼれる。

接吻をほどき、額だけくっつけたまま花神は囁いた。

「おまえ、あまり僕を見くびるなよ。人間の願いのひとつやふたつ叶えてやるからさ」

回廊の向こうからひとが近づいてくる気配がして緋皇は花神から身を離した。今は皇后ではなく花軍師だ。新婚早々皇帝と皇后が不仲、だなどと噂されても煩わしい。

現れたのはシシだった。緋皇と地図を片手に語り合う。彼の首から見慣れない宝玉がぶら下がっているの見て、花神は首を傾げた。

「シシ、それは？」

ふたりの会話がひと段落したところで訊ねると、シシは珍しくはにかんで見せた。

「これはさきほどシエン殿が御守りに、と授けてくださったものです。さすが花神様の使いだけあっておちいさいのに気遣いが素晴らしい」

くどいようだがシエンは姿こそちいさいものの、軽く千歳を超えている。神眼で確かめるまでもなく、御守りにはシエンの気がしっかりと込められていた。

これから出立の準備をするというシシと別れるなり、緋皇が肩を竦める。

「アレは孫から贈り物をされて浮かれる爺さんでしたね、完全に」

「シエンだって、誰かに物を贈るとか初めてだよ。僕だって貰ったことないのにさあ。よっぽど肩車が気に入ったのかな」

よく考えてみれば天界にいるのは神仙や仙獣神獣ばかりで、シエンが懐けるような心安い相手はいない。幼子のように構われるのは初めてで嬉しかったのだろう。

今度自分も甘やかしてやろう、と企む花神の横で、緋皇がふとこぼした。

「イシカの奴が子を産んだら、猛将軍も好々爺に鞍替えしそうだ」

花神は歩みを止めた。

「……誰の子を産むんだろうねえ？」

「なっ、私の子では絶対にありません！」

どうだか、と口を尖らせる花神の肩を緋皇はぎゅっと掴んだ。

「私の子を産んで欲しいと願うのは、花神様のみです」

「僕は産めないって何度も言ってるよね」

「もし誰かと子を作るならば、という仮定の話です。私は花神様と契れるならば子など一生持ちません」

「契っ……、それはもうちょっとだけ待ってくれると嬉しい……」

花神の返事を受けて、緋皇があからさまにがっかりする。申し訳ないとは思うのだ。それと同時に拗ねた緋皇の表情が可愛らしくて、胸がきゅうと締め付けられる。

別に勿体ぶっている訳でないのだ。そうではないのだが、どうしても花神の感覚からするとまだ早いと思ってしまう。

（だってだって同衾するなら、せめてもう二、三百年経ってからじゃないとさあ……！）

自分以外聞く者などいないのに、心の中で言い訳する。ここにシエンがいれば、人間相手に何を言ってるんですか、と突っ込んでくれたことだろう。

「ごめんね……」

消え入るような声で言ったのに、緋皇はちゃんと聞き届けてくれた。

「私こそ急かすようなことを言って申し訳ありませんでした。いつか花神様に心より私を欲しいと思って頂けるまで、お待ちしております」

抱き締められると衣に薫きしめられた香に混じって、緋皇の体臭をほのかに感じた。胸いっぱいに吸い込むと、妙に落ち着く。緋皇のこぼした吐息が首筋に当たった。しがみつく花神の細腰を、逞しい腕がさらに抱きよせる。

ひとの話し声が近づいてきて、あたりは急に騒がしくなった。緋皇からすぐに離れ、花神は着崩れてしまった襟を直した。こほん、と軽く咳払いをする。

こんなところで腑抜けている場合ではなかった。

「──今は蒼をどうにかしないとね」

花神のことばに緋皇は頷いた。

遠征中の指示を待つ従者たちのもとへ向かう緋皇と別れ、あたりに人がいないことを確かめてから花神は髪の色を元に戻す。

そのまま宮殿の北東へ行き、回廊の突き当たりに己の血で封邪の印を記した。印は一瞬光を放ってから跡形もなく消える。その足で南西へ向かい、行き止まりの部屋に血で印を書いた。

(これで悪いものは入って来れない筈)

夜が明け、城門前には陽江へ向かう五万の兵が並んだ。蒼進軍の報を受けてから用意したなら、これほど早く兵は揃えられない。かなり前から出兵は予定していたのだろう。

報告によると、今のところ蒼軍にケミナの姿はないという。だがケミナの神使は龍である。千里の距離もひとっ飛びで来れるので気を引き締める必要があった。

休憩らしい休憩を取らず、兵たちは夕刻まで歩き通した。日が暮れるまでに距離を稼ぎたかったのだろう。

野営地が決まる頃、空には星が瞬き始めていた。

あちこちで幕舎が組み立てられ、炊事のための焚き火が起こされる。指揮官たちはそれぞれ専用の幕舎が与えられるが、雑兵はひとつの幕舎に押し込まれ、中には野宿する者たちもあった。

そして一般の兵たちには干し肉入りの粟粥（あわがゆ）が、隊長以上の者には白米の粥が支給され、狩りで手に入れた兎や雉肉なども調理する。あたりに肉や穀物の煮える、芳しい匂いが漂った。

そうして兵士たちが兵糧の準備をするのを、花神は手持ち無沙汰に眺めていた。

重い鎧を着込み、徒歩で移動する兵たちは一日の終わりにはぐったりしている。花神は戦いに参加できないぶん、できることなら彼らの手助けをしてやりたかった。けれどそれは緋皇にきつく止められている。

（僕だってちょっとは役に立つと思うんだけどな……）

その緋皇は今、狩った野兎を捌いていた。戦うために肉を食べ精力をつける必要があるのは理解している。

だが積極的に見たい光景でもないので、花神はこっそり幕舎を抜けあたりを散策していた。身を隠しながら進むのは、緋皇から不用意に兵たちに近づくなと言われているからだ。

しばらくすると木立の向こうからぼそぼそと話し声が聞こえてきた。近づいてみると兵士たちが寛いでいるところだった。

「緋皇陛下が連れていらっしゃる、あの男はいったい何者なんだ」

「花軍師と言ったな。おまえら彼奴の腕を見たか？　まるで女性のようにか細い上、あの美貌ときた。本当に男なのか信じがたいな」

ひとりが声を立てて笑った。

「馬鹿言え、あんなでかい女がいるか。陛下と並んだところを見たが、あまり変わらないじゃねえか」

食事を終えた兵士たちは皆でひとつの瓢箪を回し始めた。中には濁り酒が入っているようだ。兵士たちは酔い始め、次第に陽気になっていった。

「そう言えば婚姻の儀で警備に当たっていた奴が、花軍師は皇后様にそっくりだと言っていたなあ」

花神はぽり、と額をかいた。そっくりというか、髪と目の色以外同じである。

（だ、だって人間に化けた上、元の姿と全然違う見かけにするなんて術、僕には無理だし）

花神が脳内で必死に言い訳をしていることなど、兵士たちは勿論知らない。酒でますます舌が滑らかになったのか、男たちの雑談はさらに盛り上がっていった。

「噂でしか知らねえが、皇后様は世紀の美姫なんだろ。そりゃ、あの男も綺麗だが……」

「まあな、アレが陛下の愛人だとしても俺は驚かんよ」

「後宮には千人以上の美女が住んでるんだろ？　俺も皇帝だったらなあ」

「陛下とおまえじゃ剣の腕も面の造りも違いすぎるだろうが」

「そうそう、背だってちんちくりんじゃねえか」

軽口にどっと男たちが笑い合った。

「あの軍師、きっと皇后の血縁か何かじゃねえのか。そうでもなけりゃあ、いきなり陛下に取り立てられんだろう」

「ふん。ケダモノ皇帝と呼ばれちゃいるが、人を見る目だけは確かだと思っていたんだがな。陛下も所詮は男ってことか」

「ふたりを並べて寝床に侍らせるのかもしれん！」

笑い声とともに下品な野次が飛び交う。花神はそっとその場を離れた。

彼らに緋皇を貶めるつもりがないことはわかっている。兵士たちが緋皇に従うのは、彼が皇帝だからというばかりではなく、自分たちより強い戦士だと知っているからだ。

（神の中にだって酔えば質が悪くなる連中がいるくらいだし）

幕舎へ戻ると、すぐに緋皇が駆け寄って来た。さっとあたりに目をやって誰もいないことを確認すると、声を低めて緋皇は言った。

「花神様！　私の側を離れないようと言った筈です」

すぐに答えない花神に、緋皇は次第に焦り始めた。

「花神様どうかなさったのですか？　まさか雑兵どもが不埒な真似をしでかしたのでは……」

おまえの軍隊なのだから、すこしは信用しろと言いたい。今にも抜刀しそうな緋皇に、花神は言った。

「ねえ、緋皇。僕って男に見えない？　そんなにおまえたちと違うかなあ」

現世に来てから何度も女扱いされることに、花神は辟易（へきえき）していた。天界で男神に口説かれはしたが、女に見えるなどと言われたことは一度もない。

確かに花神は緋皇のように男らしい顔立ちではないが、せいぜい中性的と言われるくらいで、決して女顔ではない筈だ。

（なんだろう、骨格が違うのかな？）

花神は目の前にいる緋皇の肩やら腕やら手指やらを、ペタペタ触って確かめてみる。ついでに相手の顔をじっと見つめると、緋皇は目尻を赤らめた。

「それはその、花神様と私どもではまったく違います。花神様の美しさは男だとか女だとか……そんな瑣末な事は超越していますので」

わかるような、わからないような返事である。花神は口の中で唸った。

「改めて訊くけど、炎帝国軍は女の人を連れて来たら駄目なんだよね？」

「是、隊の規律が乱れるので禁止しています。実は、緋獅族は女も戦うのでこれは前帝国の規律を踏襲しているだけなんですが」

「それでいいと思うよ。ここには緋獅族よりそれ以外の人間が多い。何もかもいっぺんに変えてしまったら反発が起きるからね。それに規律ってのは必要だからこそ生まれるものだし」

花神たちは幕舎には戻らず、木立の先の草原まで出た。そこはなだらかな斜面になっており、緋皇は己が先に腰を下ろし、花神のために手を差し出した。礼を言って花神も彼の隣に座った。

今は天の衣ではなく、詰襟で足の付け根近くまで深い切れ込みの入った旗装と下衣を身につけている。これは緋獅族の衣装だそうで、なるほど馬に乗りやすいように作られていた。

「おまえはいい皇帝だよ、緋皇。僕が初めて召喚された時、なんて言ったか覚えている？」

「一度たりとて、忘れたことはありません。花神様は『酷いよ』とおっしゃられて」

「ち、違うよ馬鹿！　そのもっと後に言ったこと！」

思わず緋皇の胸を叩く。腹が立つことに逞しい肉体はビクともしなかった。

「炎帝国が滅びるとしたら、それは天に定められた運命だと……」

「そう」

今思えば慈悲のないことばだ。

花神は炎の市場に行った。彼らは生きる糧を得るため、自分に売れるものを必死に売っていた。国と民を護るため、重い鎧を着込み己の命さえ賭して戦いに出る兵士たち。宮殿で働く官吏や女官たち、武官、帝都の民、辺境に住む民、この炎帝国には多くの人々が暮らしている。

(僕が知っているのは、その中のほんの少しの人たちだけど……)

彼が守りたいものを、今の花神は理解できている。そう思いたかった。

「残念ながら今もその考えは変わっていない。炎帝国も滅びる時が来るだろう。――でもね、それは今じゃない。僕がいて、おまえがいるこの時代(とき)じゃない」

「花神様」

いつだって緋皇の眼差しはまっすぐだ。花神はふっと息を漏らした。何故だろう、すこしだけ息が苦しい。

「好きなんだ」

　囁いた瞬間、すとんと胸に落ちた気がした。緋皇は両目を見開き、ぎゅっと花神の両手を握りしめた。身体の底から湧き上がってくる喜びに、その指を握り返す。

「うん、僕は好き！　この炎帝国が好きなんだ！」

　嬉しくてついニコニコしてしまう。緋皇も同じように笑顔を浮かべていたが、ピキンとその笑顔が凍りついた。何故か、突然緋皇がうな垂れる。

「花神様がお好きなのは、帝国……」

「そうだよ」

　屈託なく答え、花神はその場に立ち上がった。

「僕はおまえの帝国も、おまえも好き」

緋皇がこれからどんな人々と出会い、別れるのか。彼の炎帝国がどんな発展を遂げるのか、あるいは滅びを迎えるのか。片時も目を逸らさず見ていたい。いつか来る緋皇の最期の時まで、ずっと一番近くにいたいのだ。

　誰かのことをこんなふうに思うのは初めてだった。ひょっとしたらこれが『恋』なのかもしれない――花神はそう思う。

　緋皇がものすごい勢いで顔を上げる。その勢いに驚き、花神はちょっと浮いてしまった。浮いたついでに花神はそのままあたりを飛ぶことにする。

「花神様……ッ！」

「ちょっとそこらへん飛んでくる」

ほとんど言い捨てて、花神はさらに高度を上げた。もう陽は落ちているので、誰かに見られることはないだろう。緋皇が「お待ちください」と叫んだが、花神は聞こえない振りをした。

月の明かりが美しい。花神はそっと目を閉じた。胸がドキドキして、頬が熱く火照っている。それを冷ますのに夜風はちょうど良さそうだった。

早朝から午過ぎまで兵の進みは順調だった。蒼軍との衝突予想地点まで残り半分というところまできてちょうど小川に行き当たったので、水の補給を兼ねて一刻の休憩を取る。

花神も白石の身体を拭き、水をたっぷり飲ませてやった。

「お疲れ様、ここまで運んで来てくれてありがとう」

しっかり目を合わせて礼を言うと、白石が嬉しそうに擦り寄ってくる。

ふと視線を感じ花神は振り向いた。思い切り緋皇と目が合ったので、相手が話しかけてくるのを待った。しかし緋皇は夢見るような眼差しでひたすら花神を見つめるばかりだ。

「大丈夫なの、おまえ」

　声をかけると緋皇は我に返った様子で己の馬を世話し始める。耳の先まで赤くしながら緋皇は言った。

「緋獅族は馬を家族のように扱います。馬の扱いを見ればその人間の本質がわかる。花神様はその御姿は勿論、御心もお優しく清らかで美しい。そんな花神様が我が妻だなんて、と改めて感慨に浸っておりました……」

「そ、そう」

　花神からすると馬も人間も神ではない、という点で同格なのだ。馬に対し特別優しくしているつもりはないが、緋皇が喜んでいるなら良しとしよう。

（正直僕からしたら、馬に求婚されるのも人間に求婚されるのもあんまり変わらないって言ったらどうするんだろう）

　懐かれれば相手を可愛いと思うのは人間も神も変わらないだろう。

（素直に一途に想いを寄せられたら、どうしたって可愛く思えちゃうもんねえ）

　そのうち緋皇のことも洗ってやろう。今以上に花神に対し懐いてくれるかもしれない。

　兵士長に呼ばれ、緋皇がその場を後にする。

　手持ち無沙汰になった花神は、小川にそっと指を浸した。しばし水と戯（たわむ）れていると、背後でどっと歓声が上がった。

鎧を脱いだ兵士のひとりが、川に飛び込んだのだ。他の者も次々と続く。

（楽しそう）

水浴びする兵士たちを眺めているうちに、花神はいいことを思いついた。

兵士たちの中には花神のことを女ではないか、と疑う者がいる。それならばいっそ〝見せて〟しまえばいいのだ。

（皆脱いでるし、僕も真似しようっと）

花神は沓を脱ぎ、旗装を脱ぎ捨てた。腰骨のあたりまで肌が露わになったところで、周囲の兵士たちがぎょっとしてこちらを見る。

（皆と同じ格好をしているだけなのに、どうしてずっとこっちを見てるのかな？）

花神は自分の身体を見下ろした。少々色が白いことを除けば、普通の男の裸だ。

（まあ、いっか。これで僕を女と間違えたりしないでしょう）

濡らした布で首からうなじ、胸や腹を拭う。せっかくなので編んだ髪を解き、川の流れですっきり濯ぐ。半裸のまま濡れた髪を絞っていると、緋皇が部下と一緒に飛んできた。

「花……ッ」

名を呼びかけて、緋皇はぐっと口を引き結んだ。どうしたのだろうと花神は小首を傾げる。すると緋皇じきじきに、大きな布ですっぽりと上半身を覆われた。

「軍師殿、こちらへ」

そのまま手を引かれ、水辺から離される。木立を抜けたところで緋皇は花神を解放した。

「私がこの炎帝国の皇帝になる時、多くの決まりを前帝国法から引き継ぎました。千年続いただけあって何かしらの理由により制定されている法律が多かったからです」

「う、うん」

緋皇の鬼気迫る表情に、花神はぎゅっと身を縮めた。緋皇は血走った目で花神を見る。

「宮中における決まりもそうです。ただ私にはどうしても受け入れ難く、廃止した法も幾つかありました。そのひとつが腐刑（ふけい）——宦官（かんがん）です」

「それ、知ってる。おちんちん切っちゃうヤツでしょう。人間は凄いことするなあって天界でも一時期話題になったんだよね。そっか、あれ廃止にしたの。交尾できなくなったら可哀想だもんね」

花神はうんうん、と頷いた。

前帝国では、後宮の女や女官と過ちが起きないよう、宮中に仕える男たちに去勢を施していたのだ。生き物として子孫を残せないのは哀れなので、そんな悪習をすっぱり辞めた緋皇は偉い。そんな親バカめいたことを考えている時だった。

花神の濡れたうなじを拭いながら、緋皇は口を開いた。

「花神様は清らかで美しく至高の存在でいらっしゃいますが」

「やだなあ、緋皇ってば。そんなに本当のことばっかり言われたら照れちゃうよ〜！」

　赤くなった頬を両手で包み、花神は大いに照れた。緋皇がさらに続ける。

「しかし我々は違います。人間とは、愚鈍(ぐどん)で野蛮で惰弱(だじゃく)な生き物なのです。花神様を不埒な目で見る救い難い輩が当然のことながら現れます」

「……？」

「その時私は、廃止した腐刑を復活させます。全力で」

　自分が褒められたことはわかるが、そこから何故腐刑が復活するのかがわからない。だが緋皇が何かに悩んでいることは痛いほどわかった。夫を慰めるため、ぎゅっと緋皇を抱きしめる。

「何か僕にできることはある？」

「あります。これは花神様にしかできないことです」

　抱き合ったまま見つめ合う。鳥の囀りが遠くで響いた。やがて緋皇は重々しい口調で告げた。

「服を着てください。あと、水浴びをする際は必ず私に声をかけてください」

「は、はい」

　凄まじい迫力に、つい敬語で返事をしてしまった。

　しばしの休息を終え、ふたたび軍は移動を開始する。陽が落ち、野営していると突然の大雨に見舞われた。地面で雑魚寝していた兵たちも慌てて近くの幕舎へ詰めかける。

嵐のような雨は夜明け前に止んだ。だが地面はぬかるみ、馬も人も歩くのに難儀する。黙々と進んでいると、斥候隊が慌てて戻ってきた。

「この先、橋が落ちております。山を越えて迂回せねばなりません」

花神は神眼を使って、川の様子を確かめた。雨で川幅が増したのか岸まではかなり遠いうえ、水は濁り流れも速い。泳ぐどころか筏でさえたちまち押し流されてしまうだろう。

「馬もいるし、川を渡るのは無理だね。流れが落ち着くには少なくとも二日はかかるよ」

こそっと花神が耳打ちすると緋皇は険しい顔をした。

ここから見る限り、山はなだらかで超えるのはさして難しくなさそうだ。緋皇は指揮官たちを集め命じた。

「山を越えるぞ」

山は険しくはないが、やはり大雨のせいで地面が酷くぬかるんでいた。特に馬の足が泥にはまらぬよう、慎重に進まなければならなかった。

「橋ができたせいで、こちらの山道は滅多に使われていないようですね」

獣道のように細くなっているところが多く、登るのに難儀する。花神は緋皇にだけ聞こえる声で言った。

「本来山は神の領域だけど、この山には神も鬼も住んでいないみたいだ。主に挨拶をする手間が省けて良かった」

やがて峠を越えたあたりで、馬一頭が通れるかどうかという細い崖道に差し掛かる。数万の兵が渡るには狭すぎる道だ。

「今から引き返したところで川を渡る術はない。行くしかないな」

緋皇の呟きに花神も頷いた。切り立った崖から下を見下ろすと、剥き出しになった岩肌と麓(ふもと)の沢が見える。

「このへん、雨で地盤が緩くなっているみたいだ。土砂崩れに気をつけて」

「わかりました」

十人ずつ隊列を組み、そろそろと崖を渡ってゆく。馬や人が崖を通るたび、パラパラと石が転がり落ちてゆく。しんがりは緋皇の率いる隊が引き受けた。

「もし我が身に何かあったとしても、構わず陽江へ向かえ」

「しかし陛下」

「案ずるな。自力で陽江に向かうから探索に無駄な労力と時間を割くなと言っている」

「はっ」

人の身でこんな崖から落ちれば、ひとたまりもないだろう。だが緋皇が言えば本当に何とかしてしまいそうだと思える。少なくとも彼の部下たちは信じたようだ。

(あともうちょっと保ってよ〜)

兵士の大半が無事渡り終わり、やっと緋皇の隊が渡る番がやってきた。

「早く渡ろう。この崖は限界が近そうだ」

「わかりました」

馬から降り、手綱を掴んでそろそろと崖の上を進む。この難所を越せば麓は近い。

だが途中まで渡ったところで白石がふいに足を止めた。高所に怯えているのだろうか。

「ねえ、もうちょっとだよ頑張って」

白石の様子に気がついて、緋皇が声をかけてくれる。

「私が白石の手綱を持ちますので、花神様は先へ行ってください」

「ありがとう、緋皇。でもいざとなったら僕は飛べるんだし、おまえこそ先に行って部下たちを安心させておやり」

「花神様……」

その時だった。白石と雪影が同時に嘶いた。頭上から岩が転がり落ちてきて、崖を大きく削っていった。

怒号と悲鳴が入り混じる。しんがりとその直前の部隊の半数が、崖から転落する。花神は人間に化けていた術を解き、緋皇たちを守るための防御壁を作った。

（――――！）

何度か岩肌にぶつかりながら、地面へと落ちていく。落下しながらも緋皇は花神の姿に気づき、己の腕の中にかき抱いた。こんな非常事態に、花神の変化に気づく者など緋皇くらいだろうが、ありがたい。

長いようで一瞬の落下が終わる。地面に着いた瞬間、花神はふたたび人間の姿に変化した。軍師が皇帝の胸に抱かれているのはおかしいので、急いで身を離す。ありがとう、と声に出さず礼を告げると、緋皇は名残惜しそうな顔をした。

馬が三頭と十四人、軽い怪我を負った者もいたが、全員なんとか無事だった。

兵士のひとりが茫然自失から脱し、自分たちが落ちた崖を仰ぎ震えだす。

「よ、よくあそこから落ちて無事だったな、俺たち」

確かに、と兵士たちが顔を見合わせる。

「今が冬枯れの時期じゃなくて幸いだ。木の枝にぶつかったおかげで、衝撃から守られたみたいだね」

涼しい顔で花神がそう言うと、兵士たちはどうにか納得した様子だった。

「皆が無事で良かった。とにかく陽江まで急ぐぞ」

緋皇のことばに兵士たちがぎょっとする。皇帝まで一緒に落ちてしまったことに気がついて動揺しているのだろう。

「あ、ちょっと待って」

花神は近くに生えていた弟切草（おとぎりそう）を摘むと、緋皇から小刀を借りてその葉を刻んだ。それを薄布で包み、怪我をした者の患部でぎゅっと絞った。

「これは血止草だよ。ただし陽に当てると腫れてしまうから日中は布を外さないでね」

「へえ、ありがとうございます」

礼を言うのはまだ若い兵士だ。手当された腕と花神の顔を見比べて赤面している。だが急に「ひぃっ」と悲鳴を上げて尻で地面を後退った。

この怯えよう、虎か熊でも出ただろうかと、花神は背後を振り向いた。しかし、そこに猛獣の姿はない。ただ緋皇がこちらの様子を見ているだけだ。

「……？」

視線を合わせたまま、緋皇が訊ねてくる。

「花軍師、もう良いのか」

「是。出発致しましょう」

無事だった馬には、足を挫いた者を乗せた。皇帝の愛馬である雪影に乗せられた兵士など、生きた心地がしないだろう。周りの兵士たちに聞こえぬよう、緋皇が小声で囁く。

「我らに加護をくださり、感謝致します。命を救って頂きました」

傷の手当だけではなく、落下時の障壁についても言っているようだ。

「陽が落ちる前に森を抜けたいね。このへんは狼が出るよ」

「それは、ぞっとしませんね」

森に踏み入ると、昼間なのにひやりと肌寒い。下手に迷えば本隊と合流するどころか永遠に森の中を彷徨(さまよ)い歩くハメになりそうである。

「おや、アケビがなっている」

少し歩くと薄紫の果実が沢山なっている木にぶつかった。ひとつもいで緋皇に手渡すと喜びながらも訝しんだ。

「ありがとうございます。アケビが実るのは秋の筈ですが、この地ではもう実るのですね」

「腹ごしらえしながら行こう」

兵士たちもそれぞれ実を取っている。運がいいことにその後も進む先々に果実や木の実を発見した。

（そうか、これ……）

しんがりを務める緋皇の手を、花神は誰にも気づかれないようそっと握りしめた。人目を気にしているだろうに、緋皇はしっかり指を握り返してくれる。

「ねえ、この森の主に挨拶しよう」

「森の主ですか？」

緋皇は先頭を進む兵士にしばらく離脱することを伝え、先に行くようにと指示を出した。やがて兵士たちの姿が完全に見えなくなる。そこで花神は擬態の術を解いた。

光も差さない森の奥、花神の髪が仄かに光る。天の衣を呼び出して身にまとい、緋皇の手を引き森の深部を目指す。

「あ、向こうから来てくれたみたい」

花神は木立の奥を指差した。緋皇が隣であぁ、と嘆息する。

純白の狼がまっすぐにこちらへ向かって来た。人間の本能なのか、繋いでいる緋皇の掌がじわりと汗をかく。宥めてやりたくて、花神は反対の手で緋皇の甲を優しく撫でた。

「神域なのに勝手にお邪魔しちゃってごめんなさい」

膝を曲げ、狼と目線を合わせる。鼻先を顎の下に入れられてくすぐったさに身を捩った。

森の主が歓迎してくれているのはわかっている。だから挨拶をしたかったのだ。叡智の光を宿した瞳が隣に佇む緋皇を見る。花神はこそこそ囁いた。

「あのね、僕の夫なんだ。よろしくね？」

主は短く咆哮すると、森の奥へと戻って行った。主がいた場所には一匹の雉が残されていた。首を噛まれ既に事切れている。緋皇が拾って目を見張った。

「まだ温かい……」

「おまえは僕の旦那だからお土産をくれたんだ。良かったね」

「お土産……これは食べてもよろしいのでしょうか」

「勿論。食べると邪気が祓われ、力が漲るよ」

先を進んでいた兵たちと合流し、雪影に積んでいた鍋で雉を煮る。花神は臭みを取り味をよくする香草をいくつか摘み、鍋に投入してやった。

食事を終える頃には青ざめていた兵士たちも気力を取り戻し、深い森も難なく抜けることができた。

「森の主が近道を作ってくれたみたいだよ。普通ならここを出るのに夜までかかる筈だもの」

緋皇の耳元で囁くと、兵たちの目を盗み素早く唇を奪われた。

「我が妻が神であることを感謝したいのですが、どの神に感謝すればいいのでしょうか」

「僕にしてよ」

それから夕方には本隊と合流できた。戻った緋皇たちを、指揮官たちが幽霊を見るような目で迎えたのは仕方がないことだろう。

「ここまで来れば、蒼軍はきっと近くにいるだろう」

緋皇のことば通り僅か三日後、蒼軍と炎軍は戦闘を開始した。

六

「蒼軍（ツァン）は東に鶴翼（かくよく）の陣を展開している。ここに軍神はいないみたいだね」

卓上に広げた地図に、花神（フゥアシエン）は馬の駒を並べてゆく。「大将はここ」と朱色に塗られた駒を陣の再奥に置いた。

「炎軍（イエン）は二手に分かれてこれを討つ。正面から陽動の部隊をぶつけ、側面から本隊が参戦する。この時討てるならば大将を奇襲しても良い。声東撃西だね」

緋皇（フェイホアン）は真剣な顔で頷いた。

「私は戦闘は得意ですが策を練るのは苦手なのです。花神様がいてくださってよかった」

「そう？　おまえは僕がここに来るのは反対だったみたいだけど」

緋皇は口の中でもごもご言った。

「それはその、御身が大事なればこそ……」

「人に神は害せない。心配いらないってば」

花神のことばに緋皇はしばし黙った。お互い問題は人間の兵士ではないとわかっている。

「軍神はいつ現れるつもりなのか……」

緋皇の呟きはぼやきに近いものだったが、花神は答えた。

「さあ、どうだろう。そもそも龍を召喚してあたり一帯を焼き尽くしてしまえば陣だなんだって話じゃないからね」

緋皇は無言で馬の木駒を摘んだ。神の前では人の兵士がいくら集まろうと、木の葉のようなものである。軍神と遭遇したことのある緋皇もそれは実感しているだろう。

「軍神には狙いがあるんだと思う」

「花神様は彼奴の狙いをお見通しなのですか」

幕舎の外は、人の気配はするが静まり返っていた。

奇襲をかけるため、兵士達には煮炊きを禁じている。今頃皆、干した肉や安酒で腹ごしらえしているだろう。自然と花神の声は囁きに近いものとなった。

「これは単なる僕の勘だけど、軍神の狙いは緋皇おまえだよ」

「俺……私ですか」

よほど予想外だったのか、緋皇は大きく目を見開いた。

「さっきも言ったけど、ケミナが僕たちの婚礼を邪魔しに来た時、おまえを殺すことだってできたんだ。でもケミナはそうしなかった。あいつらは、おまえが死ぬのは困るんだ」

「次に会った時は殺すと言っていましたが……」

「つまり奴らがおまえを殺すまで、おまえに死なれるのは困るってことだよ」

花神のことばに緋皇は怪訝な顔をした。

「蒼で神下ろしの儀式を執り行ったのは、東国の姫君だって教えてくれたよね。たぶん彼女はおまえを次の夫にするつもりなんだろう」

緋皇が激しく嫌な顔をしたので、つい笑ってしまう。笑い事ではありません、と怒られ素直に謝った。

「でも確かにおまえの言う通り笑い事じゃない。仙術の中に、まぐわった相手の生気を吸いとる――なんてものもあるんだ。いくら若くて力があっても生気には限りがある」

緋皇は独り言のように呟いた。

「東国の姫は蒼王と結婚し蒼の女王に、そして蒼を支配したその次は炎の女帝に……？」

己が狙われているというのに好戦的な眼だ。徒に緋皇を脅したくはなかったが、花神は忠告せずにはいられない。

「緋皇おまえには神の血が流れている。そのおかげでおまえの声は、神（僕）たちに届きやすいんだ。でも蒼の術者は普通の人間だ。本来であれば神に届かない筈の声を届かせるため、より高度で完璧な術が必要になる。そして彼女は神下ろしの儀式を成功させた。相手は相当な術者だとわかる。僕の見立てだとほとんど仙になりかけている」

むしろ、と花神は心の中で付け加えた。仙人というより悪鬼羅刹（あっきらせつ）に近いかもしれない。

「いくら望まれようが、私の妃は花神様のみです」

「緋皇……」

優しく頬を撫でられて、花神はくすぐったさに首を竦める。額の擦れる感触におもてを上げると、薄灰色の瞳とぶつかった。あまりの近さに反射的に瞼を閉じる。唇に熱い息を感じた瞬間だった。

「失礼致します、緋皇陛下」

幕舎の外から声をかけられ、花神は慌てて緋皇の胸を押しのける。不機嫌さを隠しもせず、緋皇は入り口へと向かった。

「何用か？　今は軍議の最中だぞ」

「何卒、ご容赦ください。シシ大将軍より報せが参りました」

「シシ殿から？」

密書だろうか、巻物はしっかり蝋で封が施されている。緋皇は待機している兵士を下がらせると、小刀で蝋をこそげ落とした。開いた密書に素早く眼を走らせる。

「緋獅族って確か文字を持たないんだよね。皇帝になってから勉強したの？」

「実は、私の母は緋獅族ではないのです。戦の捕虜でした」

さらりと聞き捨てならないことを言う。

「へえ、おまえは緋獅族の血が強く出ているのにね」

「はい。父の親族は特に血が濃くて、神還り（リンカ）がよく生まれるのだとか」

そう言う本人がリンカで、花神を召喚している。

「神の血は薄まりこそすれ、決して消えることはないからね」

花神は頷いてから、あれとさらに首を捻った。

「おまえって、字が読めないから雲嵐（ユンラン）を代理にしているんじゃなかったの」

緋皇があからさまにバツの悪そうな顔をする。緋獅族は文字を持たない。だから文書なんかの面倒なあれやこれを雲嵐に押しつけているのだと、花神は勝手に思っていた。

「字は読めますが書くのは苦手なのです！　それに政治のあれやこれも緋獅族の男には向きません」

「威張って言うことじゃないっての。炎の将来が心配になるよ」

とはいえ、いくらなんでも重要な決断を雲嵐に任せるような真似はしないだろう。ため息を吐き、密書を見る。肝心の本題を忘れていた。

「朗報だったの？　それとも……」

「朗報です。内乱を鎮圧したので、シシ殿もこちらへ合流すると」

「北部からだとかなりの距離を移動することになるけど」

緋皇は肩を竦めてみせた。

「これくらいの移動、緋獅族であればなんの問題もありません。ただ緋獅族以外の兵士たちは帝都に戻すとのことでした。シシ殿の隊は明朝には到着するそうです」

もし間に合うようならば、陽動隊の大将はシシに任せることとなるだろう。

兵は補充できるとして、問題は兵站(へいたん)だった。もう間も無く刈り入れの季節になる。たとえ食料があったとしても、それを運搬するための人手が足りない。シシも緋皇もそれがわかっているため、一気に敵を叩くつもりなのだろう。

（皆、自分にできることをやっている）

花神は緋皇と別れ、己の幕舎へと入った。兵士たちのあいだで妙な噂が立つと困るので、あまり気安く緋皇の幕舎を訪れるべきではない。

夜も更け兵士たちが交代で休息を取っているあいだ、花神は寝床で考えた。

(僕にもできること、彼らにしてあげられることってなんだろう)

明朝、シシが合流し、炎の兵士たちは隊列を組んだ。陽動隊は魚鱗（ぎょりん）の陣を、本隊は偃月（えんげつ）の陣を取る。

(偃月は大将が先頭で突っ込むから士気は上がりやすいけど、そのぶん緋皇が討たれたらすべてが終わる)

それは緋皇が自ら選んだ陣形だった。緋獅族であれば連携を取りやすいが、こちらの部隊に緋獅族はほぼいない。急造の兵たちをまとめるのにも、この陣は適していた。

緋皇は強い。彼を倒せる人間などそうはいないだろう。しかしここは戦場だ。周囲を敵に囲まれでもしたら、たとえ彼とてどうなるかわからない。

「僕も一緒に出陣する」

「馬鹿なことを……！」

神に馬鹿とはよくぞ言ったものだ。花神が目を細めると緋皇は己の失言をすぐに詫びた。

だがその顔は不満で満ちている。

「花神様を戦場にお連れすることはできません」

「おまえが僕の身を案じてくれているのはわかる。でもね、ケミナ神がここに現れないとも限らないだろ。もしそうなったらおまえたちは成す術もなく全滅するしかない」

緋皇が納得していない顔だったので、我ながら意地が悪いと思いながら付け加える。

「ひょっとしたらおまえだけは生け捕りにされ、蒼の術者の慰み者にされるかもね」

「……」

緋皇は顔色を変えなかった。だがその瞳は怒りで輝いている。まるで命そのものを燃やしているような激しさだ。この瞳が濁ってしまうのは嫌だった。花神は縋るように囁いた。

「でも僕が一緒にいれば、撤退する間だけでも攻撃を防ぐことはできる。お願い、僕も連れて行って」

緋皇が逡巡（しゅんじゅん）しているのがわかる。

「ねえ、緋獅族なら娘だって戦場に立つんだろう。僕は緋獅族じゃないけど神だ」

遂に緋皇が折れた。手練れを数人ほど護衛として付けることを承諾させられたが、紛れもなく花神の勝利だった。

陣形も整い、出撃の合図を待つ間、花神は馬上から周囲の兵士たちを見回した。

誰も彼も顔が強張り、中には身を震わせている者もいる。武者震いなら良いのだが、そうではない者も多かった。

兜を被っているので、今なら髪の色が変わっても気づかれづらいだろう。

花神は人間の擬態を解き、己にできることをした。

（皆の身体の強張りを解き、精神には安寧を）

兵士の頭上に花びらが降り注ぐ。あちこちで溜息のような声が漏れ、兵士たちの雰囲気が和らいだ。まるで春の陽射しの中で微睡むようだ。実際、うつらうつら船を漕ぐ者まで現れる始末だった。

馬の蹄の音がして、緋皇がこちらへやって来る。呆れ顔で見つめられ、花神はつい視線を逸らした。

「ご、ごめん。皆の強張りを解いてあげたくて……！」

「兵たちへのお心遣い感謝致します。しかしこれでは戦になりません。皆を起こして頂けますか？」

「……はい」

花神がぱん、と手を叩くと寝惚けていた兵士たちが一斉に覚醒する。急に目の前に現れた皇帝の姿に、花神の護衛たちはぶるりとおののいた。

「おまえたち、軍師殿を頼むぞ」

それだけ告げると、緋皇は馬の首を返す。そして腰の剣を抜いて頭上に掲げ、雄叫びを上げた。

「おおおお！」

緋皇につられて、兵士たちも叫び出す。ほとんど最後尾から先頭まで、緋皇がそのまま馬を駆る。

赤い髪が風になびく様は、まるで炎をまとっているようだ。皇帝である緋皇の鎧には、背に紅の獅子が描かれている。兵士たちの士気が爆発的に高まった。

まるで地鳴りのような雄叫びが、聞こえてくる。陽動隊と蒼軍が衝突したのだろう。こちらもいよいよ出陣だ。

花神たちは後方なので、戦闘区域に至るまで猶予（ゆうよ）がある。何故急に眠くなったのか、それぞれ首を捻っているのを花神は申し訳なさに身を竦めつつ眺めていた。

（あ、この前一緒に崖を落ちた子だ）

口を開けると前歯が欠けているのが見える。背はそれほど高くないが、身体つきはがっちりしており、腕など花神の二本ぶんくらいありそうだ。

兵士たちの顔をいちいち覚えているわけではなかったが、この青年のことは傷の手当をしたので覚えていた。

「傷はもういいの？」

花神が訊ねると、兵士は深々と頭を下げた。

「あの時はありがとうございました軍師様」

「ふふ、どういたしまして。今日はどうぞよろしくね」

微笑む花神を仰ぎ見て、兵士はぽうっと頬を赤く染めた。前の列が進み、花神も馬を走らせる。白石は神経質なところがある馬だが、今日は体調も万全で、如何にもよく走りそうだった。

「白石、おまえも今日はよろしくね」

返事のつもりなのか白石は短く嘶いた。あっというまに土埃と怒号の中へと到達する。刃が交わる音、降り注ぐ矢の音、大地を踏みしめる馬の蹄の音がまるで地鳴りのようだ。

(天界から眺めていた時は、ずいぶん長閑だと思っていたけど……)

実際己がその中に身を置いてみると凄まじい。神眼を使わなければ、どこに何があるのかさえ定かではない。

緋皇は、宮殿にいる時と比べ物にならないほど活き活きと戦っていた。血に酔うというよりも、純粋に戦が楽しくて仕方がないといった様子だ。ただし顔は無表情なので、ひたすら敵を屠(ほふ)っているといった状態である。

陽動隊のほうも確認したが、大将のシシが甥以上に飛び回っていた。蹂躙されている敵もさることながら、シシに引き離されまいとする味方も悲壮な表情だった。

さらに両軍全体を見渡す。陣形や奇襲攻撃が成功したこともあり、炎軍が優勢であるのは見て取れた。蒼の鶴翼は完全にもがれ、ほとんど機能してない。

そして遂に緋皇が大将騎に迫った時だった。

（――）

晴れていた筈の空が陰る。花神はハッと頭上を振り仰いだ。龍が、大きく旋回している。
蒼軍から一瞬歓声が上がったが、雷撃は敵味方関係なく降り注いだ。
戦場が混沌と化す。花神は緋皇の周囲に障壁を張った。花神には雷が効かないから己は後回しだ。

緋皇の判断は早かった。すぐに全軍に伝令が走り、しんがりにいた花神の隊列が先頭になって撤退を開始する。

だが花神は戦場に止まった。龍の雷から兵士と緋皇を守らねばならない。龍の背にケミナが乗っているのか、花神は見極めようとした。

（この混乱に乗じ、緋皇を攫うつもりかもしれない）

ふと足元から声がして花神は視線を向けた。護衛の兵士だ。花神の身を案じ、撤退するように叫んでいる。

花神はあたりを見回した。炎軍も蒼軍も撤退しており、交戦している者はほとんどいなかった。しんがりの緋皇が襲いかかる敵兵を撃退しているが、障壁も張っているので問題なさそうだった。撤退していると、気が付いた緋皇が駆けつけて来た。

「花……軍師殿」

緋皇の顔が青ざめている。どこか怪我をしたのか、慌てて全身を確かめた。軽い傷は負っているが、深刻なものはなさそうだ。思わずほっとしたところ、緋皇は言った。

「シシ殿が……負傷されたと……」

両軍撤退後、花神と緋皇はすぐにシシの幕舎を見舞った。幕舎の入口から緋皇が中を覗き込む。

「シシ殿、具合はどうだ」

シシからの返答はない。中に入った緋皇に続き、花神もその後を追った。蝋燭の乏しい光だけで幕舎の中は暗い。

「おお、我が甥殿……見舞いとはご苦労」

花神はシシの傍で膝を折り、容体を確かめた。生きているのが不思議なほど酷い傷だ。

「雷撃は辛うじて躱したんだがなあ。馬から落ち、槍も吹っ飛ばされてしまった。こんな見た目だが、素手で五、六人ほど殴り殺したぞ」

左目は完全に失明しており、右足は膝から下が壊死しかけていた。残った右目もよく見えないらしく、焦点が合っていない。

シシは首からシエンの贈った宝玉をぶら下げていたが、ヒビが入っていた。どうやらこの宝玉が身代わりになってくれたようだ。シエンの加護がなければシシは命を落としていたかもしれない。

「緋皇、いざとなったら……」

「わかっています」

緋皇は硬い声で答えると、そのまま幕舎から立ち去った。花神は慌ててその後を追う。

「緋皇！」

花神に名を呼ばれ、緋皇は足を止める。駆け寄ると、苦しげな顔を隠すように俯いた。

「叔父は……シシは死を望むでしょう。我ら緋獅族は戦こそ命。戦えぬ身体で生き延びるのは死にも勝る苦痛」

「そんな……」

「俺が、シシにとどめを刺す」

声を震わせ、緋皇は深く息を吐き出した。俯いていた顔を起こした時、彼はもう惑ってはいなかった。剣を抜き、ふたたび幕舎へ向かう。花神は慌ててその背にしがみついた。

「待って緋皇！　シシを殺す必要はない」

緋皇は無言で花神を見返した。その瞳に微かな苛立ちと、ほんの僅か縋るような色が揺れる。緋皇の手を取り、幕舎へと向かった。人間の擬態を解き、神の姿に戻る。

花神は緋皇の手を離し、シシに近寄った。仙術ではないので呪文の詠唱も、どこかに術式を記す必要もない。ただ掌でシシの身体に触れ、力を流し込む。傷ついたシシの身体が淡く発光し、次の瞬間、傷はすべて快癒した。

緋皇はよろめくようにシシの傍に跪き、わななく指で叔父の顔に触れた。シシはその手を取ると、むくりと半身を起こす。さきほどまで瀕死の状態だったとは思えない動きだ。

「これは……神の業か」

「本来であれば死に至る傷だったよ。危なかったね」

「天上の御方より賜りました恩寵、幸甚の至り」

シシは片膝をつき、深くこうべを垂れた。花神はふふ、と笑ってみせる。

「大将軍シシ、我が夫緋皇のために北部から駆けつけてくれてありがとう。シエンにも後でお礼を言うといいよ」

もう一度深く礼をして、シシは緋皇相手にすぐ戦の話を始めた。戦こそ命というのは誇張ではないのだろう。

しかしシシでさえこれほどの重症を負ったのなら、他の兵士たちはどうなったのだろうか。龍が現れる前までは、明らかに炎が優勢だった。

ふたたび人間に擬態し、己の幕舎へ戻ろうとする。その背を呼び止められた。

「緋皇、もう軍議は終わったの？」

いえもう少し、と苦笑して緋皇はさきほどのシシと同じように片膝をついた。

「花神様にはなんとお礼を申し上げたら良いのか……」

「こんなところ誰かに見られたら皇帝の威厳に関わるよ？」

「こんなところを見られたくらいでどうにかなるような威厳など必要ありません」

花神も膝を折り、緋皇としっかり視線を合わせた。返り血と土埃で汚れた頬を指先でそっと拭ってやる。

「僕は、おまえたちのことが好きなんだ。だから僕にできることをしてあげる」

人間同士の戦いに介入したのはケミナが先だ。人間には人間の寿命がある。その理を捻じ曲げることはできないが、怪我をした人間を癒すくらいなら花神にだってできるのだ。

「シシと軍議をしておいで。僕は自分の天幕へ戻っているよ」

「はい、のちほど伺うので少しだけ待って頂けますか」

「わかった。僕を待たせているからといって、急がなくてもいいからね」

ひらり、と手を振り、緋皇と別れる。己の幕舎へ入り擬態を解こうとしたところ、外から「花軍師」と呼ばれた。

緋皇の声ではない。誰だろう、と確かめると、さきほど花神を護衛してくれた兵士だった。

「花軍師様、おやすみのところ申し訳ありません」

「緋皇陛下ならシシ殿のところだよ。あ、でも今は軍議中だから外したほうが……」

兵士は首を左右に振った。緋皇に用があるわけではないらしい。花神は首を傾げた。

「ええと、じゃあ僕に用なの？」

はい、と頷き真剣な顔で兵士は言った。

「さきほどシシ殿をお訪ねしたところ、既に歩き回っておりました。花軍師の手当のおかげであるとか。軍師殿は、薬草にもお詳しく医師としての腕も確かとお見受けします」

「……ん、んん」

つい咳払いなどしてみるが、兵士は期待の籠った眼差しでじっと花神を見つめている。

黙っている花神に何を思ったのか、兵士はその場で跪いた。

「お願い致します、花軍師。同胞たちが今も苦しんでいるのです。彼らをお救いくださ い！」

「ああ、もう、わかったから顔を上げて！」

花神が根負けして叫ぶと、兵士はぱあっと顔を輝かせた。

「では、花軍師……」

「僕はこの戦に軍師として呼ばれているんだ。医師の腕はあまり期待しないでよ」

「ありがとうございます。ありがとうございます！」

今にも泣き出さんばかりの勢いで、兵士は礼を述べ去って行った。ふたたび自分だけになった天幕で、花神はふうとため息を吐いた。

（さてと……）

人間に擬態したままでは力は使えない。花神は垂らした三つ編みをまとめ、呼び出した天の衣を頭から被った。

（取り敢えずこれで良いよね）

多少あやしい格好だが、仕方がない。もし呼び止められた時は名を名乗り、擬態して天の衣を脱げばいい。

怪我人たちが収容されている幕舎は陣地の奥まった場所にあると聞いた。人を避け夜の闇に紛れて、幕舎へと向かう。

何度か遠目に兵士たちを見かけたが、皆足を引きずったり、身体のどこかを痛めていた。幕舎にいるのはそれよりも酷い怪我人ばかりなのだろう。

（身体の動く者は戦え、ということか）

陣地の奥へ進むに連れ、血の匂いが強くなる。幕舎に着いた花神はぐっと眉を顰めた。ざっと見ただけでも五十以上の天幕が並んでいる。

（この幕舎すべてに怪我人が収容されているのか）

中からはひっきりなしに低い呻き声や悲鳴が聞こえてくる。覚悟を決めて花神は中へと入った。蝋燭の灯りもない、暗がりの中で人影がもぞもぞと蠢いている。

（一、二、三……八人も!?）

通常は四、五人ほどで寝起きする天幕に八人もの男たちが押し込められている。劣悪な環境だが、ここは戦場だ。花神は一番重傷の者を探し出した。

ほとんど足の踏み場のないところを移動して、花神は兵士を膝枕してやった。

「あんた……薬師かい。腰から下が感覚ないんだ」

「そうだよ。今楽にしてあげるから目を閉じて」

患部に指を翳す。ぽう、と淡い光が発したあと、男は生気を取り戻した。

「こりゃ……信じられねえ。あんだけの大怪我が……」

「ここは負傷兵の天幕だから、もし戻れるならあっちの天幕に……」

男は喜びのあまり、花神の言葉をほとんど聞いていなかった。

「すげえ医師様がいらしたって、仲間たちに呼びかけてきまさあ。皆どれほど喜ぶか」

「へ？　ちょっとそれは、待っ……」

男は元気に走り去ってしまう。別の天幕に飛び込んで行くのを眺め、花神はぽりと額をかいた。

「ま……まあ、いいか」

そういえば緋皇に黙って来てしまった。ひと声くらいかけてくるべきだった。せめてさきほどの兵士にここにいると伝言を頼むべきだったかもしれない。

そんなことを思いつつ花神は次の天幕を訪れた。

「――腕が動くぞ！」

「胸の痛みが消えた。医師の先生、ありがとう！」

ひとつの天幕が終われば、次の天幕へ移動する。本当は薬草を煎じる真似でもするべきだろうが、今は時間が惜しかった。

息がある者ならどんな傷を負っていようが花神は癒すことができる。だが死んでしまった者は駄目だ。彼らの魂は冥府の管轄下に置かれてしまい、花神の力は及ばない。

（急がなくちゃ……）

治療自体は数瞬で終わるのだが、負傷者の数が多いのだ。

次の天幕へと向かう。兵士の容体を確認し、いざ治療を始めようとした時だった。

（あ、れ――？）

突然身体から力が抜け、花神はぺたんとその場に尻餅をついた。見れば両手の指が小刻みに震えている。

（まさか、神気を使いすぎた？）

へたりこむ花神を、突然土気色の顔をした男が覗き込んできた。ぎょっとして後退ろうとするが、天幕は狭く逃げ場はない。

「医師の先生、あんたどんな怪我も治してくれるんだってな？」

「あの……」

顔色の悪い男は衣の前をはだけ腹の傷を見せつけた。

「俺は軍のために戦った。家にはまだ赤ん坊がいるんだ。治してくれ」

「ごめんね、薬がなくなってしまった。今、調合するからちょっと待って……」

説明している途中で背後から髪を掴まれ引き倒される。声を上げかけたが、硬く分厚い掌で覆われてしまった。

「ん、ううーっ」

花神を襲ったのは、痩せた男だった。

「みっつ先の天幕で、あんたの治療を覗き見てたんだ。あんた、神様なんだろう?」

頭に被っていた天の衣を奪われて、白い髪と赤い瞳を見られる。花神はハッとした。

男の手に血がついていたらしく、天の衣が汚れている。普段ならたとえ何があろうと一切の穢れを寄せ付けない筈なのに――。

(いったい、どうして?)

狼狽える花神をよそに、寝転がっていた兵士たちがあちこちでむくりと起き上がる。この天幕には比較的軽傷の者が集められていたようで、全員が花神のもとへ集まってきた。

「俺のこと助けてくれよ、神様」

「儂にもどうか御慈悲を、神様～」

自分たちが何を求めているのかもわからないのだろう。あちこちから男たちの手が伸びてきて、花神に触れてくる。

「儂らにもお恵みをくだせえ、カミサマ」

傷を癒さない花神に業を煮やしたのか、老兵は花神の肩にいきなり噛み付いた。歯が皮膚を食い破り、血が滲む。花神は混乱した。人間は神を傷つけることはできない。何が起きたのか。

「ぐ、んんぅ……っ！」

痛みに身を捩ろうとしたが、負傷しているとはいえ屈強な兵士たちに押さえつけられてしまう。花神の耳に老いた男の声が届いた。

「あんたの血を啜り肉を食えば、不老不死になるんじゃないのか」

人間が神を食べるなど、あってはいけないことだ。それに食べたところで、人間の寿命は延びない。いったい何故、この男はそんな思い違いをしているのだろう。

その時花神は気がついた。天幕の片隅に、幾つもの影が蠢いている。神眼を使わずとも、ありありとその気配を感じた。

（魑魅魍魎……奴らがどうしてここにいる？　いつもなら僕の気を嫌い逃げ出すのに……）

人間たちには魍魎の姿は見えていない。しかしその影響は確実に受けていた。

必死にかぶりを振り、口元を覆う掌から逃れる。自由になって花神は叫んだ。

「僕を食べたって不老不死になんてなるわけがない！　おまえたち、もう、やめ……ッ」

言葉の途中で衣を引き裂かれる。剥き出しになった喉元に、男が喰らいついてきた。堪えきれず悲鳴が漏れる。その瞬間、魑魅魍魎が狂喜乱舞した。

（そうか、僕の気が陰に傾きすぎたんだ……！）

花神は神であるので、自身の中で陰と陽の調和が取れていた。しかし負傷した人間たちを癒すために、花神は己の陽の気を注ぎ、使いすぎてしまったのだ。

（今の僕は陰の気をあたりにバラまいている……そのせいで魑魅魍魎を招いてしまった）

つまり兵士たちは取り憑かれている状態なのだ。身体が自由になるなら花神は天を仰いでいただろう。

（う〜、参っちゃったなあ。全部食べられちゃっても復活するだろうけど、いったい何年かかるんだろう。十年？　百年？　それとも千年？）

人間たちに紛れ、普段は歯牙にもかけないような下等妖怪まで、花神に手を伸ばしてくる。軟体動物によく似た醜悪な姿に、怖気がよぎる。花神は思わずぎゅっと瞼を閉じた。

「う、あ！」

耳元で悲鳴が上がり、すぐに遠ざかる。何が起きたのかと、花神は両目を開いた。

「緋皇……」

花神にのしかかっていた男たちを、緋皇が容赦なく殴り飛ばしていた。それでも魍魎に憑かれた男たちは執念深く、花神を求めようとする。

緋皇は腰の刀を抜いた。

「退がれ！　今より我が妻に触れた者、すべて斬り伏せる。覚悟ができた者から、かかってくるがいい」

決して声を荒げたわけではなかったが、その気迫に兵士たちが後退る。緋皇は動けずにいる花神を横抱きにすると天幕を後にした。

「緋皇……彼らは悪くないんだ……。僕が力を使いすぎたから、悪いものを呼び寄せてしまった。彼らは取り憑かれていたんだ」

緋皇は答えない。きっと彼に何も告げず、勝手をしたことを怒っているのだろう。さすがの花神も今度ばかりは反省した。

（あ。あ。これ……本気でまずい、かも……）

己の不始末に両手で顔を覆う。かつてないほど、花神は天界へ帰りたくなった。勿論、そんな力は欠片も残っていないが。

花神の幕舎に戻ると、簡易な寝台に横たえられる。その間花神はずっと息を荒くしていた。

「あつ、い……」

か細い呟きとは裏腹に花神の全身は氷のように冷えている。緋皇がそっと花神の指を握り、寝台の横に跪いた。

「手がこのように凍えて……。さぞや恐ろしい思いをなされた筈。どうか今宵はこのままお休みください。私が天幕の外で寝ずの番をいたしますから」

優しく髪を撫でられて、花神は堪らず喘いでいた。自分で予想した以上に、はしたない声だった。緋皇が一瞬ぎくりと止まる。

（くそっ。陽の気を取り込もうと、身体が勝手に……）

そうして花神も彼とは別の意味でぎくりとしていた。天幕の隅に、さきほどの魍魎たちが蠢いている。このままでは花神は彼らに引きずられ、祟り神へと堕ちてしまうだろう。

恥ずかしいだのと意地を張ったり、神の沽券（こけん）に拘（こだわ）ったりしている場合ではなかった。

花神は緋皇の指をぎゅっと掴んだ。

「あのね、緋皇。僕……陰の気を取り込みすぎちゃって……このままじゃ、変異して邪神になってしまうかもしれない」

どうしようもなく声が震える。花神の様子を見て、緋皇は寝台の傍に膝をついた。

「苦しいのですか、花神様？　陰の気とは……どのようにすれば回復するものなのでしょうか。私にできることがあるのなら、なんなりとお申し付けください」

すぐには答えられなかった。花神は睫毛を震わせる。緋皇は痛ましげな表情でじっとこちらを見つめていた。何かあれば、すぐにでも対応するつもりなのだろう。

はあ、と花神はわななく息を吐き出した。

「霊泉があれば……体調はすぐに戻るんだ。霊泉は陽の気で満ちているからね。でも今の僕には天界へ……戻る力はない」

緋皇は思案気に答えた。

「シエン殿を呼ぶことはできないのでしょうか」

「さっきから呼んでいるけど、駄目みたい」

念話さえできないほどに消耗している。苦笑する花神に、緋皇がいよいよ顔色を変えた。

「そんな、何か打つ手はないのでしょうか」

「あ、あると言えば……あるんだけど……」

花神は視線を伏せて言い淀む。緋皇はそんな花神の様子を見て気色ばんだ。

「あるのですね。どうか教えてください、花神様。私にできることならなんなりと」

凍える指先にそっと口付けられた。それだけであっと悩ましい声が漏れた。羞恥にぎゅっと目を閉じる。

「私にどうか——どうかお命じください、花神様」

「……わかった」

涙はこぼれなかったが瞳はうっすら濡れて光っている。緋皇はそんな花神を狂おしい瞳で見つめていた。は、と漏らした息が熱い。

花神は遂に覚悟を決めた。一刻も早く陽の気を取り込もうと、身体が疼いて仕方がない。

「衣を脱がせて」

「是」

緋皇は厳(おごそ)かな手つきで花神の衣服を取り去った。寝台の上に全裸で横たわる花神を眩しいもののように見つめる。

「緋皇――僕を抱いて」

「……ッ」

緋皇が驚愕の表情を浮かべる。居たたまれなさに、花神は敷布に思い切り横顔を埋めた。

「初夜を断り、今まで散々焦らしたくせに、こんな時ばかりって……おまえは怒るかもしれないね。でも今は……この身に、陽の気を取り込む必要があるんだ」

緋皇は花神のことばを一言一句漏らすまいとするかのように、真剣に聞いている。

「陽の気……」

「そう……男は陽の気を持ち、女は陰の気を持っている。皆の怪我を治すため、僕は陽の気を使い果たしてしまったんだ。だからおまえの精を、僕の中に注いで欲しい」

しばらく緋皇は答えなかった。長く感じられた沈黙のあと、やっと口を開く。

「もし私が断った場合、どうなるのでしょうか」

花神はちいさく笑った。それは自嘲の笑いだ。

「おまえが僕を抱けないというのなら、できるだけ〝強そうな〟男たちを集めて欲しい。十人か二十人くらいに精を注いで貰えたら大丈夫だと思うから」

「二十人……!?」

相手の剣幕に驚きつつ、花神は頷いた。

「そう、おまえは僕の伴侶だし、神の血を継ぐ者だから相性が良いんだ。でも普通の人間が神と契るのは負担が大きい。だから何人かから分担して精を貰わないとダメだと思う。ひょっとしたら二十人じゃ足りないかも」

「足りない……」

花神はようやく緋皇へ視線を戻した。いつの間に立ち上がったのか、呆然とこちらを見下ろす緋皇を見て花神は言った。

「ごめんね、緋皇。男の身体を抱ける人間（やつ）を二十人以上見つけるのは難しいと思う。でも邪神になってしまったら、おまえたちにもっと迷惑をかけちゃうから……」

「謝るところが違います、花神様」

え、と首を傾げた瞬間、寝台が深く沈む。緋皇が荒々しく衣服を脱ぎながら正面から覆いかぶさってきた。

「二十人か、それ以上の男たちに代わる代わる犯されても、あなたは良いと？」

「い、良いわけないだろ！」

思わず涙目で叫ぶ。冷たい目でこちらを見下ろす緋皇を睨み返しながら花神は言った。

「僕はまだ女神とさえ同衾したことないんだぞ。初めてがそんな……ッ」

「は？」

まるでその場で凍りついてしまったように、緋皇は瞬きさえ停止した。花神が待っていると、やがてぎぎ、と音を立てそうなほど不自然に身じろぐ。

「初めて……とはなんです？　あなた、童貞なんですか」

相手のあまりの言い草に、花神は拳で緋皇の胸を叩いた。

「童貞で処女だよ、悪かったな！」

「二千年ずっと？」

「天主様に『おまえにはまだ早いっ』て言われてたの！　緋皇の馬鹿！」

そうですか、と緋皇は俯いた。前髪が顔を隠し、相手の表情が見えなくなる。緋皇から迸（ほとばし）る強い気で、肌がヒリつくようだった。

（なんだ、怒り……？　似てるけど、違う。もっと激しくて熱くて……）

こんな激しい感情は初めてだ。今の花神では、手に負えないかもしれない。

緋皇は今まで見たことがないほど獰猛な顔つきで笑った。

「二十人分、私が精を注ぎますので花神様はどうかご心配召されるな」

「へ？　ええ？　いや、違うってば。おまえが相手をしてくれるなら、たぶん二回か三回くらいでじゅうぶぶっ……！」

言いかけたことばを奪われる。唇と唇が重なっていた。まるで龍の雷に打たれたように背筋が痺れた。

信じられない。どうして。緋皇の唾液が堪らなく甘い。

（ああ、凄く美味しい……蟠桃よりも甘いかも）

やがて口付けが解かれる。名残惜しさのあまり、はしたなく舌を突き出してしまった。優しくその舌を甘咬みされ、花神はぶるっと全身を震わせる。

この男が欲しくて欲しくて堪らない。

腰の奥が重い。切なくて花神は身を捩った。とてもじゃないが、じっとしていられない。

「緋皇、おまえの、もっと飲ませて」

「花神様」

舌と舌が淫らに絡み合う。熟れすぎた果実がつぶれるような音に、肌が粟立った。恥ずかしくて、顔どころか耳の先まで火照っている。

鎖骨から胸の先まで、緋皇の指が滑る。

「あ、さきっぽ……」

自分の身体についているのに、今の今まで意識したことなどなかった胸の突起が、痛いほど張り詰めている。優しく摘まれ、悲鳴が漏れる。胸を触られているのに、どうして下腹が疼くのだろう。

「なんて愛らしい……」

独り言のように呟いて、緋皇が鋭敏な突起を口に含んだ。まさかそんなことをされるとは夢にも思わず、驚きのあまり涙がじわりと滲んだ。

「や、ぁ……っ」

咄嗟に緋皇を押しのけようとしたが、厚く逞しい胸はびくともしない。花神が抵抗したことに気がついて、緋皇は咎めるように乳首に軽く歯を立てた。

「ひう！」

強すぎる感覚に、とうとう花神の瞳から涙があふれた。すると頑是ないこどもをあやすように、緋皇は花神のこめかみに口付ける。

力の入らない両手で、緋皇の頬を包む。見つめ合い、口付けると全身が蕩けそうだった。存分に相手の舌を堪能してから、花神は囁いた。

「痛くしないでよ。……ほら見て、赤くなってる」

花神は己の乳首を緋皇に見せつけた。そこは可哀想なくらい赤く尖り、唾液で濡れそぼっていた。じっくり眺めてから、緋皇は意地悪く笑った。

「申し訳ありません。あまりにも愛らしかったので、つい苛めてしまいました。でも……」

「ひ、ぁあ」

両の指で乳首を強く摘み上げられる。バチバチと目の前に火花が散った。

「声も、お表情も、悦んでいらっしゃるので……お嫌だとは思わず」

「や、いや、ぁ」

嫌だとは退けたいのに、どうしても媚びて甘えるような声が出てしまう。緋皇も真面目に取り合わず笑っている。ただ摘むだけではなく、指の腹で押しつぶしこね回され花神は激しくかぶりを振った。

意思とは関係なく、腰ががくがくと無様に震える。まだ触れられてもいないのに、陰茎は今にも弾けそうなほど昂ぶっている。

気がついた緋皇が根元から先端まで、ゆっくりと撫で上げた。

「こんなに濡らして……堪りませんね」

「や、やっ！　そこ、強く、しないでぇ……」

親指と人差指で輪を作り、上下に強く扱かれた。足に力が入らなくて、だらしなく膝が開いてしまう。

「ここを、ご自身で慰めたことは？」

花神の股の間で、くちゅくちゅ、と恥ずかしい音を立てながら、緋皇が耳元で囁いてくる。取り繕うことなどできず、花神は泣きながら首を左右に振った。

「……口を開けてください」

緋皇に命じられるまま口を開くと、すぐに舌が入ってきて口腔内をかき回す。脳みそがぐちゃぐちゃにされるようだった。

（だめ、だめ、とろけちゃう……）

全身から汗が吹き出して、腰の奥にどろどろの熱が溜まってゆく。爪先からふわり、と浮き上がるような感覚に怯え、花神は緋皇にしがみついた。息が苦しくて気が遠くなる。

ふっと口付けが終わり、酸素が一気に入ってくる。

「達きなさい」

手の動きがさらに速くなる。耐えることなどできなかった。花神は緋皇に命じられるまま、呆気なく放埒した。

「あ。あ。あああ」

狭い肉の道を、精液が吹き上がってくる。その悦楽に脳が焼ききれそうだった。最後の一滴まで絞り尽くすように達したばかりの陰茎をさらに扱かれる。強烈すぎる刺激に、花神は泣き声を漏らした。

「も、いやぁ……」

つい漏らした拒絶のことばをなんと思ったのか、緋皇は厳しい顔で花神の両膝を押し上げる。そうすると腰が持ち上がり、すっかり後孔が露わになった。

緋皇が感嘆するように囁いた。

「凄い……濡れて……」

緋皇の言うとおりだった。後孔からあふれた愛液が、尾てい骨を伝い、敷布にまで滴っている。

もうこれ以上恥ずかしいことなどないと思っていたのに、花神の予想は呆気なく覆されてしまった。片手で顔を隠し、もう片方の手で股間を隠す。達したばかりの陰茎も、男を欲しがる後孔も、ぬるぬるとしていて気持ち悪い。

「身体が陽の気を欲しがっているんだもん。ぼ、僕のせいじゃないもん」

涙声で言い訳をすると、緋皇は残念そうに言った。

「そうですか。俺のせいだったら、嬉しかったんですが」

「ば、馬鹿ぁ」

ぬる、と足の付け根に濡れた感触を覚え、花神はあっと息を詰める。指を取られ、緋皇の下腹へと導かれた。

「これ……」

花神の長い指でさえ掴みきれないほど大きなものが、どくどくと脈打っていた。反射的に怖い、と思う。自分が望んだこととはいえ、これが今から花神の中へ入ってくるのだ。

「熱くて、硬い……」

「俺のが、こうなったのは花神様のせいです」

言いながら緋皇は大きなものの先端を、花神の最奥に押し付けた。くちゅ、と恥ずかしい音がして、さらに顔が赤らむ。

「やっ、や」

まるで口付けするように、何度も何度も押し付けられる。怖じ気づく気持ちとともに、焦れったいような堪らない気持ちも湧き起こる。

「緋皇、きて……」

「しかし……」

花神が初めてだと知っているため、躊躇っているのだろう。確かに人間の身であれば、経験もないのに、いきなり挿入するのは難しいだろう。

しかし花神は、神である。必要があれば身体はそのように対応するだろう。

「大丈夫、僕は自分の欲しいものを知っている」

目と目を合わせたまま、ゆっくり緋皇が腰を進める。陽の気を取り込もうとしているため、そこはぐずぐずにほぐれ、柔らかくなっていた。

多少の抵抗を伴いながら、緋皇の長大なものを花神はすべて受け入れた。

「あ、ああ」

胸を喘がせ、花神はその大きさに慣れようとした。受け入れること自体は可能だが、苦しくない訳ではないのだ。痛みというより、圧迫感に身悶える。

耐える花神の額や、耳朶、唇に緋皇の口付けが降り注ぐ。ちいさく声を漏らしながら、花神も相手に答えた。

「く……すみませんっ」

謝罪とともに、緋皇が腰を引く。突然の動きについていけず、花神は思わず悲鳴を上げた。まるでその声が呼び水になったように、緋皇の腰の動きが激しくなる。

「ひ、あ、やあ！」

粘膜がこそげるような感覚に、視界がチカチカと瞬いた。濡れた音と肌がぶつかる音が生々しく鼓膜に響く。

（おまえの、魂の色……）

繋がったことでより鮮明に視えてくる。神の血。人間の血。清浄なものも穢れたものも内包して雑多で混沌とした色の洪水。

（僕は三界一我が儘なんだ。神だけでも足りないし、ましてや人間だけじゃ駄目だった。おまえだからだ緋皇。僕には、おまえだけ）

たとえこの身が禍ツ神に堕ちるとしても、緋皇じゃなければ土壇場できっと自分は許さなかっただろう。緋皇と触れ合って、花神は初めて知ることができた。

何故神も人も愛する者と繋がりたがるのか。子孫を残す必要のない、一柱で完全な存在の花神にとって必要な行為だとは思えなかった。

二千年、どんな神に誘われても拒み続けていたのは相手が緋皇じゃなかったからだ。

「は、あ」

押し殺したような緋皇の低い呻きに、きゅうと骨盤の奥が疼いた。反射的に相手を締め付けると、緋皇が不敵な笑みを浮かべる。報復のように乳首を嬲られ、あられもない声を放ってしまった。緋皇は抜ける寸前まで腰を引き、まるで叩きつけるように最奥を穿つ。脳髄が爛れるような快楽に花神は啜り泣いた。

口付け、舌を吸い合い、肌が密着するほど抱き合う。緋皇の鍛えられた腹筋に陰茎を押しつぶされ、花神は堪らず上り詰めた。

「アア、アアア！」

これ以上ない締め付けに、緋皇が呻く。腰骨がぶつかるほど深々と貫かれたまま、熱い精を注がれた。

「あ――あ――あ――」

爪先がぴんと伸びる。頭が真っ白に染まり、浮遊感が止まらない。この世にこんな気持ちいいことがあるなんて知らなかった。

ふたりぶんの激しい息遣いだけが、天幕に満ちてゆく。

下腹を指で撫でながら、花神は気怠く周囲を確かめた。いつのまにか魍魎どもは消えている。このぶんだと、力もじきに戻るだろう。

緋皇がこちらを見つめていることに気づき、花神は囁いた。

「おまえの精が胎に馴染んでゆく」

「これで足りましたか？」

汗にまみれた精悍な顔だ。いくら見ていても飽きないと思う。

今ならわかる。何故花神が現世に召喚されたのか。

緋皇に逢うためだった。彼に逢うため花神は召喚に応じたのだ。それが因果なのか、未来の己の手配なのかはわからない。けれど確信する。

(おまえに与えられて、奪われた)

幸せだった。嬉しかった。それと同じくらい苦しくて切なかった。

つい顔を背け、照れ隠しのように呟く。

「おまえが頑張れるなら、もうちょっと欲しい……」

「よかったです」

え、と花神が視線を上げる。目と目が合い、貪り尽くされる予感に背筋に震えが走った。

緋皇は半身を起こすと、花神を自分の上に座らせた。抱き合うと性器が重なる。

「んっ、これぇ……」

「は、ッ。花神様は、こんなところまで、形が整っていらっしゃるんですね。薄桃色で、とても綺麗です」

緋皇が腰を蠢かせると、達したばかりの陰茎がぬるぬると擦れ合って堪らない。声を堪えようと片手で口を押さえていると、その指を取られ二本まとめて握らされた。

「あ、うぅ……おまえのは、大きくて、硬い……色もやらし……ン」

言っている途中で唇を塞がれる。ちいさく舌を出し入れされ、上からも下からもくちゅくちゅと恥ずかしい水音が立った。

「ふぁ、あ、んっ」

それほど長く持ちそうにない。花神が射精感に身を委ねようとした時、緋皇の両手が強く花神の腰骨を掴んだ。そのまま持ち上げられ、あっと思った瞬間、花神は太く逞しいもので貫かれた。衝撃に弓なりに仰け反る。花神の陰茎から精液と見紛うばかりの先走りがあふれ、緋皇の腹を濡らした。

「か、はっ」

先ほどより深い結合に、花神は思わず息を詰めた。馴染むまで待って欲しいと思っているのに、淫壁は剛直にまとわりつき新しい精をねだろうとする。

緋皇が下からゆっくり突き上げると、中に出された精液が結合部からあふれだした。その汚らしい破裂音に花神は肌を粟立てる。排泄をしない神にとって、それは耐え難い汚辱感だった。

「やっ、だめ、だめえ、陽の気が、もれちゃ……ッ」

羞恥で泣き喚く花神の耳元に、緋皇は低く囁いた。

「大丈夫です、花神様。俺が、何度でも新しく注いで差し上げます」

耳の穴を舌で嬲られ、膝に力が入らない。緋皇の首にしがみつくと、ぎゅっと抱きしめられ尖った乳首が逞しい胸筋に押しつぶされた。

「あ、もっ……ふかい、よぉ」

泣けば涙を啜られ、だらしなくあふれた唾液も飲み下された。ずっぷり挿入されたまま、剛直の先端でぐりぐりと奥を抉られる。

胸の突起と陰茎、そして肛門の神経がいっぺんに繋がったようだった。意識が遠くなり、叫ぶ自分の声をまるで獣みたいだと冷静に思う。世界の果てまで見通す神眼が眩む。緋皇を淫らに締め付けながら花神は絶頂した。

「はっ、く……！」

耐え切れないとでもいうように、緋皇は抜き差しを始めた。達している最中なのに激しく動かれ、神経が灼ききれそうになる。

（――――）

遠くで、焦る緋皇の声が聞こえる。やりすぎだ、馬鹿と罵りたかったが、花神は意識を手放すことを選んだ。

神だって、疲れる時くらいある。

天幕に朝陽が差し込んで、眠る緋皇に降り注ぐ。花神はゆっくり瞬いた。陽に焼けた肌が黄金色に輝いている。空気に滞留する埃がキラキラして眩しかった。

（世界が輝いているみたい……）

ふたたび緋皇の寝顔に視線を戻す。思いの外長い睫毛が震え、開いた瞼の奥から薄灰色の瞳が現れた。

我知らず花神は微笑んでいた。目覚めたばかりの緋皇はひゅ、と鋭く息を呑んだ次の瞬間、きつく花神を抱きすくめた。

逞しい肩が震えている。花神はクスクス笑いながら緋皇の頭を撫でてやった。

「まるで……夢を見ているようです」

そんなことを囁いてから、花神が本物だと確かめるように身を起こし、食い入るように全身を眺めた。

昨夜はいったい何度繋がったのだろう。最後は精も魂も尽き果てるようにして寝入ってしまった。花神が意識を失ったあと、緋皇が身体を清めてくれたらしく、白い肌に情事の名残はほとんど残っていない。

「お身体の具合は如何ですか？」

「もう大丈夫。おまえがたくさん陽の気を注いでくれたおかげで、調和を取り戻した。むしろ今は陽の気に傾いているくらい。勿論、支障のない範囲でね」

ありがとう、と礼を言うと緋皇はいえ、と歯切れ悪く答えた。彼が本当に訊きたがっていることを、はぐらかしたのはわざとだった。答えたくないのではない。ちょっとだけ昨夜の意趣返しをしたくなったのだ。

花神は緋皇の肩にしなだれかかり、耳元で囁く。

「問題があるとしたら、お腹の奥にちょっと違和感があることかな。アソコも……少しジンジンしている」

「……ッ」

横目で睨むと、緋皇は顔を真っ赤にして俯いた。昨晩は花神が許しを乞うほど攻め立てたくせに、いったいどちらが彼の本性なのだろうか。

(どちらが、ってことはないんだろうね。両方おまえだ)

自然にふっと笑いがこぼれる。気が付いた緋皇が顔を上げると、ふたりの視線が重なった。いつのまにかほどけていた髪を、緋皇の指がそっとすくった。

美しい光沢を放つ銀糸に、緋皇がうっとり口付ける。ふと、花神は訊ねてみたくなった。

「そう言えばちゃんと聞いたことがなかったけど、どうして僕に花神って名前を付けたの？」

緋皇は答えるのに逡巡する。おや、と花神は意外に思った。

召喚された時、確かシエンは花神を「花を咲かせるくらいしか能がないポンコツ」呼ばわりした。だからそれは、半分答えを予想した質問だったのだ。

「神を名付けるなど、私には恐れ多く――」

「ふふ、そうだよねえ」

自分が無茶を言ったにも拘らず、ケラケラ笑う花神に何を思ったのか、緋皇は寝台の上で居住まいを正した。

「私は、生まれてこのかた花を見て美しいと思ったことがありません。花だけではなく、女性も……いえ、この世のありとあらゆるものに対し、そうなのです」

「ん？　んんん……？」

突然の告白に首を傾げる。いったい何を聞かされるのだろうか。緋皇は静かに続けた。

「それが『美しい』と言われる花だということはわかるのです。しかし私自身が、何かをあるいは誰かを、心の底から美しいとも愛しいとも思うことはありませんでした」

「でも、誰とも交わらずにいたわけじゃなかったでしょう？」

花神が突っ込むと緋皇はバツが悪そうに言った。

「相手から強く迫られれば……私も男なので……しかし多少の情は湧きますが、それだけです。男が女を慕う気持ちはずっと知らないままでした。私はきっと、他のまともな人たちと比べ、何かが大きく欠けているのでしょう」

緋皇は寝台から降り、花神の足首を取った。宝玉に触れるようにそっと爪先に口付ける。

「――花神様を拝見した時、私は生まれて初めて恐怖に足が竦みました。神下ろしの儀など、心のどこかでは信じていなかった。もしも神が現れなくとも、軍神などこの手で殺してみせると密かに嘯いていたのです」

当時を思い出したのか、緋皇はぶるりと身を震わせた。

「恐ろしいのに、どうしても目が離せませんでした。この世界に、こんなに美しい方がいるのかと……。すぐにでも地面に跪き、私のすべてを捧げたかった。その御髪をひと筋頂けるなら、千度命を差し出しても惜しくない……」

緋皇の崇拝が心地よい。花神は己に跪いた男の頬を引き寄せた。吐息が触れ合う距離で、緋皇は囁く。

「私にとっての〝花〟はこの世にあなた様だけ。そんな身勝手な理由で花神様と呼ばせて頂いているのです。どうか、ご容赦ください」

許す、と言う代わりに緋皇の唇に一瞬だけ口付ける。緋皇からもっと熱烈な接吻が返ってきた。

「熱烈だねえ。でも僕ちょっと心配になるな……」

「心配ですか？」

「だっておまえは神といえば僕とケミナにしか会ったことがないだろう」

緋皇にとって花神は彼が生まれて初めて出会った神だ。天界には他にもたくさん神がいるし、その中には美やら愛やらを司る女神も男神もいる。

「それなら心配いりません」

あまりにも自信たっぷりに言い切られ、花神はつい目を眇める。

「おまえはそう言うけど、美や愛の神って凄いんだよ。一目見だけでクラクラ～ときてドキドキして、ずきゅーんってなっちゃうんだからな！」

「そんなもの半分術にかかるようなものではないですか。聞いてください花神様。これから先たとえ誰と出会おうとも、あなたをお慕いする気持ちは微塵も変わりません」

それだけではない。緋皇には側室のイシカがいる。子を成すまではこれからも彼女と閨を共にするのかもしれない。イシカを抱く緋皇を想像しかけて、心が無理！　と悲鳴を上げる。

（うう……術か何かで僕が緋皇の子を産めるようになれば……）

花神がぐるぐる悩んでいると、緋皇の唇がそっと額に押し当てられた。触れられたら嬉しいのに、誤魔化されているようにも感じてしまい複雑な気分になる。

「ふーんだ。口ではなんとでも言えるもんね」

つい尖らせた唇にも口付けが落とされる。

「俺は酒が飲みたくて、市場に行って迷子になるあなたが好きです。子供のような我が儘を言ってシエン殿に怒られているあなたが好きです。双子の女官たちに冗談を言っているあなたが好きです。あなたがあなたである限り、刻一刻と好きになってゆく」

花神からも緋皇に口付ける。

「今のは、どうだった……？」

「信じられないくらい、もっと好きになりました」

合わせた唇の隙間から、緋皇の舌が入ってくる。存分に付き合ってから、花神は相手の胸を押しやった。

「そろそろ兵が起き出してくるよ。いつまで寝台の中にいるつもりなの、陛下？」

不満顔を隠しもしない男が愛おしい。だが蒼軍の動きが気になるのか、緋皇はすぐに身支度を始めた。さっそく細作を集めようとするのを止め、花神は蒼軍を遠視する。

「今のところ動きはないみたい……ん？　いや、待って……」

花神は遠視を止めて緋皇に視線を戻した。彼は静かに花神からの報告を待っている。

「蒼軍が、撤退している」

「え!?」

緋皇は驚き、次に警戒を深めた。

「何か、策があってのことでしょうか」

「わからない。ケミナの姿も龍の姿もないけれど……」

　緋皇はしばし黙考した。やがて彼は花神を見つめ、言った。

「罠でしょうか」

「わからない。けどその可能性は高いかも」

　ケミナたちがその気になれば、人間の軍隊など一瞬で壊滅させられる。しかしこのまま炎に帰還しても、仕方がないということはわかっていた。次は炎が戦場になるだけだ。

（……なんだろう、妙な胸騒ぎがする）

　花神は時を操ることはできないし、予知もできない。なのに、これはなんだろうか。

　シシのもとへ向かうという緋皇とともに、花神は幕舎を出た。いつもより眩い朝の光に、花神は両目をしばたたいた。ふと、違和感を覚えあたりの景色を見渡してみる。

（あれ、この木ってこんなに緑が深かったっけ？　この花もこんなに鮮やかな色だったかな。鳥の羽根、空の青まで）

　驚きに歩みを止めると、気がついた緋皇が戻ってくる。ああ、と花神は嘆息した。

　彼の表情がはっきりと見えた。花神を敬い、信じられないほど深く愛している。とめどない信仰、崇拝、欲望も――。

「花神様？」

　心配そうに訊ねる男に、なんと答えればいいのだろう。花神の世界は変わったのだ。

（ううん、違うな……）

朝が来て世界が変わったというよりも、花や木や空の本当の色に初めて気がついたような気がする。花神はただそこに存在していただけで、〝生きて〟いなかったのだろう。

（ああ、すごく綺麗だ）

朝の光に照らされた燃えるような髪の色、そして薄灰色の瞳が、この世の何よりも美しいと思う。花神は緋皇ではない。美しいものが好きだし、天上のありとあらゆる美しいものを知っている。人魚の涙、五色玉、龍の宝玉、鳳凰の羽根。それでも、この男が一番美しいと思った。

花神はふ、とちいさく息を吐く。

「ごめん、ちょっと寝ぼけていたみたい。僕って普段あんまり眠らないから」

「大丈夫ですか？　まだお休みになられていては……」

緋皇に優しく肩を撫でられて、花神は微笑んだ。そっとその指に触れると、緋皇は頬を赤らめた。昨夜花神のすべてを暴いたくせに、指が触れ合っただけで照れるのか。

「無理をなさらないでください」

念を押され、花神は頷いた。無理はしない、するつもりもない。今は、まだ。

たとえ蒼の術者が厄介な仙人であろうと、軍神ケミナとその神使が脅威であろうと、必ず緋皇を護ってみせる。花神はそう決心したのだった。

七

蒼（ツァン）軍が撤退してから一昼夜が経った。今のところ相手の動きはない。

「蒼王の考えがいまいち読めぬのよなあ」

シシが焼いた川魚にかぶりつきながらぼやく。緋皇（フェイホアン）は黙ったまま答えなかった。蒼王は東国の姫の傀儡（かいらい）である可能性が高い。そして彼女の狙いは緋皇自身だ。

「まあ、なんにせよ問題はあの軍神だ。いくらこちらに花神（フゥアシェン）様がいらっしゃるとはいえ……どうにかならんもんか」

瓢箪に残った僅かな酒を舐めながら花神は答えた。

「術者を殺せば、召喚された神は自由になる。儀式で結んだ契約を遂行する必要がなくなるから天界へ戻ってくれると思うよ」

緋皇が鍋をかき混ぜていた手を止めた。毒を混入されることを警戒して、緋皇は食事の用意は自分でする。緋獅族にとっては、それが当たり前らしい。

「契約ですか？」

「あれ、そんなことも知らなかったの？　神下ろしで召喚された神は、契約者の願いをひとつだけ叶えなければ天界へ戻れないんだ」

「そ、そうだったんですね」

自分と結婚しろ、と言い出した本人が思い切り焦っている。花神はつい叫んでしまった。

「おまえたち、よくそんなんで僕を喚んだな!?」

儀式は一応体裁を整えていたが、いい加減にも程がある。

「失礼致します、陛下、大将軍！　蒼より書簡が届きました！」

緋皇は部下から書簡を受け取り、さっそく開こうとした。花神がそれを止める。

「ちょっと待って。その書簡、術がかかっているみたい」

粥の入った鍋を焚き火から退けさせる。花神は書簡を受け取り、炎へくべた。

「ああ！」とシシが悲痛な声を上げる。それと同時に、ぽっと黒煙があたりに満ちた。

「皆、息を止めて」

シシと緋皇が慌てて口を両手で覆う。反応の遅れた兵士が黒い煙を吸った瞬間、ぐるりと白目を剥きその場で昏倒した。

花神は急いで兵士に覆いかぶさると、顎を掴み口を開けさせた。口腔内へふう、と息を吹きかける。

「う、うぅ……」

息を吹き返した兵士にほっとする。凄い目で緋皇がこちらを睨んでおり、シシが必死に肩を掴んで止めていた。

「緋皇陛下、頼むから俺の部下を殺してくれるなよ」

緋皇は荒々しく舌打ちした。

「花神様がお救いになった尊い命、殺しません。戦では前線に配置しますが」

「……そいつにゃ頑張って貰うしかねえな」

花神は涼しい顔で言った。

「致死の呪いではなかったけど、書簡を開いた者の意識を奪う術がかかっていた」

実際は意識を奪うというより魂を封じる呪いだった。魂の抜けた肉体は、放っておけば朽ちてしまう。

「舐められたものですね」

あんな書簡を寄越したくらいだ。ふたたび蒼が攻めてくるかもしれないと、兵士たちも出撃の準備に慌ただしくなる。

ケミナに対して有効な符でも作ってやろうと、花神は幕舎へ戻った。

（とはいえ、この類の術は苦手なんだよなあ。シエンにお願いして送って貰おうか）

そう言えばシエンが花神に仕えてからこんなに離れていたのは初めてだ。なんとなく花神はシエンと最初に出会った頃を思い出した。

ちょうど千五百年前ほど前、蟠桃会に呼ばれた花神は、金剛石を持って行こうと現世へ降りた。その時、ボロボロになって打ち捨てられていた白い鳥を見つけたので、その傷を癒してやったのだ。鳥はカンムリバトで、本来は青灰色の羽毛を持つ。突然変異で白い羽毛を持ったその鳥は、仲間たちから排除されてしまったのだろう。森の中では白は目立つ。外敵に狙われる要因となるため、群れに留め置けないのだ。

「おまえは仲間たちと羽根の色が違うんだね。でも、そう嘆くものじゃないよ。白ってのはね、神に仕える獣の色なんだ。おまえだって修行したら神獣になれるかもしれない」

顎の下をくすぐってやると、白いカンムリバトは一声鳴いて飛び立った。花神は金剛石を拾って天界へと戻り、それきりその鳩のことは忘れていた。

その時からきっちり五百年後、白鳩は見事仙になり、花神のもとへ仕えに来たのだった。

(僕に仕えてそろそろ千年になるんだなあ)

思い出すと妙にシエンが恋しくなる。普段は口うるさく、神を神とも思わぬ扱いだが、あれでなかなか主思いのところもあるのだ。

『おーい、シエン。ちょっと頼みたいことができたんだけど。そっちはどう？　変わりない？』

しばらく待ったが返答がない。このまま念話が届かなかったのは、花神の気が乱れていたせいだ。しかし今の体調は万全。神使との念話なので距離など関係がない。たとえ花神が天界にいて、シエンが冥界にいたとしても通じる筈なのだ。

『シエン、どうしたの？　ひょっとして、何か怒ってるとか？　え、え？　僕何かした？』

慌てて最近の己の行動を思い返してみる。直近で花神がやらかしたことといえば——。

ぱっと両手で顔を覆う。思い切りやらかしていた。花神はぷるぷる首を左右に振った。

『え、まさかアレ？　アレのせいで怒ってるの？　だ、だって非常事態だったし……僕も二千歳だし、そろそろおまえには早いって言われるような年でもないし……え、まさかおまえ、視ちゃったとか？　嘘……ちょっと、嘘だよね!?』

涙目で念話を送るが、やはり返事は返ってこない。いよいよ花神が狂乱状態に陥りかけていると、幕舎の外から「花神様」と呼ばれた。

「え、え？」

ここで花神と呼ぶのはシシと緋皇だけである。慌てて外へ出ると意外な人物が立っていた。

「雲嵐（ユンラン）？　どうしたの、いったい!?」

雲嵐の顔は泥にまみれ、手や頬など衣服から出ている部分に擦り傷を負っている。炎（イエン）からよほど慌てて駆けつけたのでなければこうはならないだろう。

「炎に何かあったの？」

花神の声を聞きつけたのか、緋皇がやって来た。雲嵐の姿を見て顔色を変える。

「どうした雲嵐、何故おまえがここに。炎に、帝都に何があった？」

雲嵐は両目に涙を湛え言った。

「今のところ帝都は無事です。ですが……申し訳ありません、花神様。これ、これを……ッ」

雲嵐は懐からそっと包みを取りだした。自分はいくら汚れても、これだけは大事にしまっていたのだろう。花神はその包みを解いた。

「あ――」

白い羽毛が大量に、ひらひらと地面に落ちてゆく。慌てて胸にかき抱き、花神は恐ろしい予感が確信に変わるのを感じた。

よろめく身体を背後から緋皇が咄嗟に支えてくれる。その腕に縋り、花神は喘いだ。

「シエンの、羽根……こんなに……」

彼の苦痛を、恐怖を思い、花神は声を震わせた。雲嵐を問いただそうとする前に、少年はその場に蹲（うずくま）った。

「申し訳ありません。なんとお詫びしたら良いのか……わ、私の命で購えるのであればどうぞお斬り捨てください」

「雲嵐……」

泣きじゃくる少年を前にして、頭にのぼっていた血がすうっと下がる。花神は膝を折り、雲嵐の頭を抱きしめた。

「教えて、雲嵐。いったい何があったの？」

泥だらけの袖で涙を拭い、雲嵐はしゃくり上げながら説明した。

「私には姉がいて、後宮にて暮らしております。近頃病に伏せっていると噂を聞き、心配していたところシエン様が連れて行ってくださると……」

「……」

「後宮は男子禁制です。しかし私はどうしても姉が心配で……。シエン様と私は姉のもとへと行きました。姉は眠っており、肩を揺すっても大声で呼んでも目を覚ましません。おかしいと思っていたらシエン様が姉は呪術をかけられているとおっしゃって、私を帰すと、おひとりで後宮へ戻られました」

「それで？」

雲嵐はぶるぶると痩身を震わせた。

「夜になり眠っていると、氷でできた指で首をしめられるような感覚がして、私は驚いて目を覚ましました。そうすると部屋の中に女の影が浮かんでいました。顔も見えないのに、何故女だと思ったのか……とにかく私は女だと思ったのです。そしてその影は大量の羽根を床に撒き散らし、笑いました。恐ろしい笑い声で、今も私の耳の奥に残っています。影は、神使の主へ渡せと言って消えました」

蒼の術者だ。炎宮殿によくないものが混じっていると知っていて、シエンを置いてきたのが仇となった。しかし、と花神は思う。人間の術者が神使をどうこうできるだろうか。

（それに僕が感じたアレは術者本人ではなく、分体か使役されたものだった筈。ならばケミナが手を下したのか？）

花神は緋皇の妻だ。つまり炎皇帝の妃であり、炎宮殿は花神の神域である。軍神ケミナであろうと、容易には入り込めない。

（考えられるのは、僕が召喚される前から、術者が分体を潜ませていた可能性か……）

花神が召喚される前、緋皇は暗殺未遂にあっている。暗殺は単なる目くらましで、何か他の狙いがあったとしたら――。

「ねえ雲嵐、その影は他に何か言っていた？」

ごくり、と唾を飲み込んで、雲嵐は消え入るような声で言った。

「次は、目玉を持ってくると……」

ごう、と足元で風が起こり、髪の色が黒から白へと変化する。緋皇と目が合うと彼はちいさく頷いた。

巻き起こった土埃に、雲嵐が咳き込む。その背中を叩いてやりながら緋皇は言った。

「もうすぐここは戦場になる。おまえはすぐに炎へ帰るんだ」

緋皇は花神の手を取った。ふう、と思わずため息を漏らす。

「本当だったらおまえのことは置いて行きたいんだけど」

「ここで置いて行かれても、必ず駆けつけますよ」

「想像ついちゃうんだよねえ……」

雲嵐が両目から涙をこぼしながら不安そうに言った。

「陛下、花神様……」

「心配するな雲嵐、シエン殿はきっと無事だ。シシには全軍の指揮を任せると伝えてくれ。夜明けまで待って私たちが戻らぬ時は蒼に攻め入って欲しい」

緋皇とともにふわ、とその場で浮き上がる。赤い目を必死にこじ開けながら、雲嵐が叫んだ。

「陛下！　花神様！　シエン様をお願いします！」

上空から炎軍を振り返る。出撃に向けて立ち働く多くの兵士たちの姿は、まるで巨大な生き物のようだった。

「シエン殿を狙うとは、蒼の奴らめ決して許さぬ」

花神は凍えるような瞳で口元だけ笑ってみせる。

「神のモノに手を出したらどうなるのか、教えてあげなくちゃね」

初めて空を飛ぶというのに、緋皇はそれほど怯えた様子がない。

「怖くないの？」

「怖いより、花神様と抱き合っているのが嬉しいです」

間もなく日没で、空には星が瞬き始めている。蒼の都の城門前までやって来たところで花神は気がついた。

「障壁がない……熱烈歓迎だね～」

神眼で覗こうとした時は、何も見えなかった。明らかに誘われているのだとわかる。たとえ罠だとわかっていても、そこにシエンがいるなら向かうだけだ。

(待っててよ、シエン)

なんの妨害もなく、花神はするりと蒼への侵入を果たした。民の居住区を越え、城へ向かう。

ぐるりと見渡し、神眼でも確かめたが見張りの兵はいなかった。試しに二階の窓に手をかけると、結界どころか鍵さえかかっておらず簡単に城内へ入れてしまった。

「シエンの気配を辿って行こう」

回廊の先から兵士がひとりやって来る。

「隠れましょう、花神様」

「待って、捕まったフリしてケミナのところへ案内させよう。危険は承知の上だ」

止める緋皇を振り切り兵士の前に躍り出る。緋皇は咄嗟に剣を抜いた。

「……」

兵士がふたりの眼前を通り過ぎて行く。こちらにチラとも視線を寄越さなかった。静まり返った廊下に緋皇がごくりと喉を鳴らす音がやけに響いた。

「花神様、今のは」

「うん……幽鬼みたいだったね。生気を抜き取られているみたいだ」

半分魂が抜けたような顔で、ぶつぶつと何やら呟いていた。さっきの兵士だけなのか、それとも城内の蒼兵たち全員があんな調子なのだろうか。

ぞっとしつつシエンの探索に戻る。炎の宮殿と比べれば、蒼の城は半分以下の大きさだ。シエンの気配も遠からず感じる。

その後、何度か兵と行き交ったが、やはり誰にも何も言われなかった。

回廊を進んで行くと、ある一画から強い神気を感じた。ケミナがいる。そしてシエンもそこにいるようだ。

（ケミナの神気が強すぎて、シエンの気が紛れてしまっている。鬱陶しいな、もう！）

神眼を最大限に開き、シエンの気を追うことに全神経を集中させた。ここまでやればケミナにもこちらの位置がわかってしまう。どうせここは相手の神域だ。花神たちが城に潜入したことなどとっくに気がついているだろう。

「こっちだよ」

緋皇が後ろからついてくる。彼は静かに剣を抜いた。花神は立ち止まり、緋皇に向かって両手を伸ばした。

「剣を貸して」

「花神様、しかし……」

躊躇する緋皇に微笑みかける。

「僕が振り回したいんじゃない。お願い、その剣に加護を与えたいだけなんだ」

受け取ったのは、宝剣でもなんでもないありふれた剣だ。緋獅族の宝剣はケミナに傷を与えた瞬間砕け散ってしまった。

（お願い、緋皇のことを護ってあげて）

剥き出しの刀身が一瞬だけ淡い光を放ち、やがてその光も収まった。花神は剣をふたたび緋皇に戻した。

「神剣ほど力は込められない。お願いだから無茶はしないで」

「ありがとうございます、花神様」

ようやく目的の部屋にたどり着いたが、ふざけたことに扉が大きく開け放たれていた。躊躇などしてやらない。花神は罠と知りつつ飛び込んだ。

「シエン！」

そこは玉座の間だった。

広間の奥は一段高くなっており、黄金の玉座が設置されている。当然のように、ケミナが腰を下ろしていた。彼の足元には虎の毛皮が敷かれ、後ろ手に縛られたシエンがぐったりと横たわっている。額に貼られているのは呪符だ。あれではいくら呼びかけても無駄だっただろう。緋皇が小声で訊く。

「花神様、あの符は？」

「呪い(まじな)の符だよ。神を封じるためのもの。あれを貼られては神通力も使えないしまともに動けなくなる」

花神に反応しないのは、意識を失っているためだろうか。あんなものを貼られていては消耗するに決まっている。怒りで胃の腑が焼けるようだった。

今すぐ助けてやりたいのに、花神には手出しできない。

「緋皇、僕がケミナの気を逸らすから、おまえはシエンの呪符を剥がして。神にとっては凶悪な呪符だけど、人間の身には効かないんだ」

「わかりました」

突然現れた花神と緋皇を見ても、ケミナは驚きもしなかった。身軽に立ち上がると、あっというまに目の前までやって来る。ケミナは緋皇を見下ろし鼻で笑った。

「頼りない人間の夫に見切りをつけ、我の側室になりに来たのか？」

手首を掴まれ強引に引き寄せられる。「主様！」とシエンが叫ぶ。主の気配を間近に感じたことで、意識を取り戻したのだろう。ほっとしたが、まだシエンは囚われたままだ。緋皇と目線で合図をする。

花神は軍神に向き直った。

「生憎と僕は多情じゃないのでね、夫はひとりで充分だ。それより僕の神使にちょっかいを出すなんてどういうつもり？　その意味、わかっているんだろうな」

「はは、怒っている美神(びじん)も善きかな」

そんなことを言いながら、ケミナが無理やり口付けを迫ってきた。必死に顔を背け、相手を押し退けるものの、腕力が違いすぎる。

「誤解しているようだが、おまえの神使に手を出したのは我ではないぞ」

確かに神にとってあの呪符は厄介だ。ということは、人間がやったことになる。

（僕が想像した以上の術者なのか……。それにしたってあれだけの呪符を作るのに触媒はどうしたんだ）

神を封じるためには大量の陰の気が必要になる筈だ。無意識のうちに花神は「あっ」と声を漏らしていた。

（だから、後宮に潜んでいたのか。雲嵐の姉が病に伏せっていたのも、気を吸われていたせいかもしれない）

隙ができたせいで、ケミナが眼前に迫っていた。

「止めろ！」

花神は神気を弾けさせた。両者の間に閃光が走る。ケミナは舌打ちし、花神の頬を平手で打った。拳ではないので手加減したつもりだろうが、さりとて軍神の一撃である。凄まじい衝撃に花神の身体は吹き飛んだ。

「貴様！」

激昂した緋皇がケミナに剣を向けるのが見えた。花神が駄目だと叫ぶ前に、ケミナは緋皇の首を掴み上げた。

「緋皇！　くそ、止めろ……止めて！」

ただ殴られたのではなく、神気を込められたのか身体が動かせない。

「どうした炎の皇帝。手も足も出ぬか？　我に許しを乞い、嫁を差し出せば命だけは助けてやるぞ」

「おまえのような下衆に誰が……ッ」

緋皇は剣を引き抜くと、ケミナの腕に突き立てた。花神の加護が発動し、ケミナに傷を負わせる。

「チッ」

ケミナは緋皇を放り出し、右手に神気を集めた。空気が帯電しそこら中に火花が散る。

「死ね――」

緋皇がケミナを睨みつける。彼の頭上へ雷撃が振り下ろされようとした時だった。

鼻腔に甘ったるい匂いが突き刺さる。ケミナはため息を吐き、雷撃を引っ込めた。

花神は緋皇のもとへ駆けつけようとしたが、髪を掴まれ引き戻される。ケミナだった。

「――ケミナ様、契約を果たして頂かなければ困ります」

鈴を転がすような女の声だ。人間には、きっとそのように聞こえるだろう。しかし花神の耳には嗄れた老婆の声として響いた。ケミナは無言で肩を竦めた。

美しい女が立っていた。見た目だけなら、三十かそれよりもっと若く見える。

女の背後には、豪奢な服に身を包んだ男が立っていた。男は完全に惚けた顔で、閉じ切れぬ口の端からは涎が垂れていた。それなりに整った顔をしているので、異様さが余計に際立った。

「それは蒼王か？　貴様、いったい何をした！」

「お初にお目にかかります、炎の皇帝様。確かにこちらは蒼王。そして私は蒼の王妃、唯夜と申します」

女は蒼王より派手な金冠を被り、珊瑚色の衣に東国風の太い帯を締めていた。

女は薄く微笑むと、緋皇のもとへ歩み寄った。緋皇が唯夜を睨みつける。ふたりの視線がぶつかった。唯夜が楚々と笑う。

「ああ、なんと美しい。ずっとお会いしたかった。緋皇、我が夫に相応しいお方」

緋皇の顔からふっと表情が抜け落ちる。

「ふざけるな、緋皇は僕の夫だ！　緋皇、おまえからもなんか言ってやれ！」

緋皇はひたすら唯夜だけを見つめている。花神の声など聞こえていない様子だ。既に相手の術に嵌っているのか。花神は唯夜をねめつけた。

「シエンといい緋皇といい、神のものに手を出したらどうなるかわかっているのか」

唯夜は悲しげに目を伏せ、長い睫毛を震わせた。

「我が悲願のためなのです。お許しくださいませ」

虫をも殺せぬような儚い様子だ。その本性を暴いてやろうと、花神は神眼を使い――すぐに止めた。

（う、見なきゃ良かった……）

口を押さえて顔を背ける。彼女の肉体は既に崩壊寸前だ。腐敗臭が鼻腔に突き刺さる。

「人は人同士、神は神同士まぐわったほうが理に適っておりますれば……」

「人は人？　おまえ、そんなになってもまだ自分のことを人間だと思っているの？」

「これは異なことを……私のどこが人ではないと？」

面の皮の厚さに花神は呆れた。

「術を使わなければ人としての姿さえ保てぬくせに。綺麗に着飾ったところで、その腐った匂いは誤魔化せないぞ」

花神の見ている前で唯夜が緋皇に口付ける。顔を背けることもせず緋皇はされるがままだ。怒りのまま神気をぶつけると、唯夜は舌打ちして後じさった。

「神のものに勝手に触れるな」

これだけ大騒ぎしているのに、緋皇はゆっくり瞬きしただけだ。唯夜の術から醒める気配はまったくない。

（うう、粋がってみたところで状況は最悪。緋皇のバカバカバカ、せめてシエンの呪符を外してから術にかかってよ～）

シエンだけでもなんとかなれば、花神にだって少しは立ち回る術はある。けれど今は無理だ。ケミナだけでも手に余るのに、化け物じみた唯夜までは制しきれない。

花神は緋皇を見た。こちらを見向きもしない端整な横顔に、だんだん腹が立ってくる。

花神は呪符に囚われているシエンに矛先を向けた。

「だいたいシエン！　おまえならこんな呪符を貼られる前になんとかできたよね？」

完全に八つ当たりだ。シエンが叫び返してくる。

「だって宮殿の人間を殺す、と脅されたのです！　主様はあの宮殿の人間たちを好んでいるようでしたから悲しむかと……。ただこの呪符は少々想定外でした」

シエンが悔しげに唇を噛む。きっと人間の術者相手だから、拘束されたところで抜け出す自信があったのだろう。

「そりゃあ、確かに好きだけど――」

いつも花神のことをポンコツだなんだと、好き勝手言っているくせに。ここぞという時、甘やかすものだから憎めない。花神は苦笑した。

「でも、シエンのことだって大好きだし、大事なんだよ。宮殿の人間を助ける代わりにおまえが捕まったらダメだよ」

「主様……」

「まったく、おまえって僕のこと大好きすぎるよね」

照れ隠しでつい憎まれ口を叩く。シエンは顔を真っ赤にさせて、ことばも出ない様子だ。

「わ！」

いきなり腰を抱き寄せられる。ケミナだ。無遠慮な指が裾を割り、腿の内側を撫でられる。嫌悪に顔を歪めると、首筋から耳朶を舐められた。

「ひっ！」

ケミナに顎を掴まれ無理やり視線を固定される。

「そら見ろ、おまえの夫もお楽しみだぞ。妻のおまえも倣ったらどうだ？」

唯夜はちらりとこちらを見ていやらしく笑い、緋皇にねっとり口付けた。舌を絡め合う淫らな水音が聞こえる。緋皇は拒まない。口付けを解くと、唯夜は高らかに告げた。

「私が緋皇陛下のお子を産みますので花神様はご安心くださいませ」

少女のようにクスクス笑って、唯夜が緋皇の頬に口付ける。「ねえ、陛下」と囁かれ、緋皇はこくりと頷いた。

「な、に……」

「陛下は花神様とは離縁されるとのことですよ。せっかくですからケミナ神の寵愛を賜っては？」

勝ち誇った顔で唯夜は己の乳房をはだけ、そこへ緋皇の顔を押し付ける。見ていられない。

「駄目、やめて……」

緋皇の心はそこにない。分かっているのに悲しくて涙ぐんでしまう。

「そもそも緋皇陛下には、私のほうがずっと先に目をつけておりましたの。東国よりこちらへ参ったのち少々手間取っていたら、後からノコノコ現れて……とんだ泥棒猫ですわね」

「神に泥棒猫って……僕を喚んだのは緋皇だぞ！」

彼をあの淫婦から引き離さなければ。惚けた蒼王の様子を思い出し、花神はぶるりと身を震わせた。花神を見つめる苛烈な瞳、深い声、優しく触れる指——このままではすべて奪われてしまう。それをどう受け取ったのかケミナは花神のうなじに歯を立てた。

「さて、我らも淫蕩に耽ろうではないか」

「やっ……！　誰が、おまえなんかと……！」

唯夜が大きく喘ぐ。わざと花神に聞かせているのだ。悲しみよりも怒りが勝る。

花神は、ケミナの腕の中から緋皇を呼んだ。

「――緋皇！」

唯夜は嘲るような笑みを浮かべ、花神をチラリと見た。緋皇は相変わらず虚ろな瞳でぼんやり女の胸に顔を埋めている。

「ねえ、おまえが見ているのはいったい誰？」

花神の声は、囁きと変わらぬほどひそやかだ。唯夜の術を打ち破るのは、たとえ神仙であっても困難だろう。けれど花神は許さない。

「おまえは神に愛を誓った。その意味を承知しているのならば、今それを示せ」

花神のことばにケミナは少々呆れた様子で言った。

「そなたも酷なことを言う。皇帝とはいえアレは人間だ。唯夜の術は破れんぞ」

花神は冷ややかにケミナを見た。人間だろうが神だろうが関係ない。自ら望んで神を娶ったのなら、その責を果たす必要がある――神の傲慢さで花神はそう思った。

ふふ、と軽やかな声が届いた。緋皇にしなだれかかりながら、唯夜は婉然（えんぜん）と微笑んだ。

「やはり人と神は理解（わか）りあえませぬ」

唯夜はふたたび緋皇の頬を両手で包み、唇を寄せた。その目が裂けそうなほど見開かれる。

「が、あっ！」

汚い悲鳴を上げ、唯夜が緋皇を突き飛ばす。片手で口元を覆っているが、指の隙間から血が伝い落ちた。

緋皇が唾とともにちいさな肉片を吐き出す。乱暴に唇を拭い、花神を見た。

「――花神様」

それから緋皇は己の腿に突き刺した小刀を引き抜いた。痛みで術から正気に返ったのだ。凄まじい精神力、そして花神への献身が緋皇を突き動かしたのだろう。

花神の滑らかな頬に、ぽろりと涙がこぼれ落ちた。

「緋皇の馬鹿。やっと、こっちを見た」

背後でケミナの神気が膨れ上がる。花神は懐から符を取り出した。ふう、と息を吹きかけると符が燃え上がる。

「いつまで僕に触れているの」

燃えた符をケミナの腹に押し付ける。ケミナの口から絶叫が迸り、制御を失った雷がそこら中を暴れまわった。

緋皇とシエンを障壁で護る。駆け寄って来た緋皇が、すぐにシエンから呪符を剥がした。ようやく自由になったシエンが花神に抱きつく。嬉しくて抱き返してやると、背後からさらに緋皇が抱きついてきた。思わず笑って振り向くと、緋皇に口付けられる。

(消毒しておかなきゃね)

唯夜との接吻を思い出し、舌を入れて清めてやる。すぐに緋皇が応えてくれた。

「見せつけてくれるわ」

ケミナの声に、緋皇とシエンが身を強張らせる。花神はふたりを自分の背で庇い、一歩前へ進み出た。

符は既に燃え尽きていて、ケミナの腹の火傷（やけど）も修復しつつあった。用意した符は、神相手では足止め程度にしかならないものだったが、ちゃんと役に立ってくれた。

唯夜を見ると、ケミナの雷撃で絶命してた。焼け焦げた肉体は、随分と小柄だ。

花神は唯夜のもとへ向かうと、亡骸（なきがら）に両手を翳す。唯夜の全身が淡い光に包まれたあと、そこから白く発光した球体が現れた。

「その肉体に固執しなければ仙人にもなれたかもしれないね。さあ、迷わず黄泉へお逝き」

花神が指差す方角へ、光球が去って行く。それを見届けてシエンが眉を寄せた。

「甘過ぎですよ、主様」

「うん、でも……あのままじゃあの子、悪霊になっちゃうから……」

拍手の音が響き、視線を向けるとケミナが仏頂面で手を叩いていた。

「召喚者はもういない。ケミナ神、契約は……？」

「ふむ、契約か。我は元々暇だったから召喚に応じたのだ。まあ、退屈凌ぎにはなったか」

花神はほっと息を吐いた。

「そうか、では天界に帰る？」

「勿論帰るぞ。そなたをモノにできなかったのは少々残念だったが」

ケミナはふと視線を緋皇に向けた。不敵に笑って右手を差し出す。

「貴様、人間にしてはなかなかやるではないか」

「軍神ケミナにそう言って貰えるとは……」

緋皇がケミナに応えて手を差し出すのを、花神は笑顔で眺めていた。ケミナがふっと花神を見る。握り合った手を引き寄せられ、緋皇の身体がわずかに傾ぐ。

「我は負けず嫌いでな」

緋皇の瞳が大きく見開かれる。シエンが叫ぶ声を、花神は遠くに聞いていた。ケミナの左手が緋皇の胸を刺し貫いていた。彼の大きな掌が握るもの――緋皇の心臓だ。

「見ろ、花神」

駄目だと叫ぶ声が間に合わない。

ケミナは花神に見せつけるように、緋皇から引き抜いた心臓を握りつぶした。緋皇の口から血があふれ、人形のようにくずおれる。

「待って、駄目……待って！」

緋皇の魂魄が冥界へと旅立ってゆく。花神には引き止められない。ケミナは魂魄の抜けた緋皇の亡骸を蹴飛ばした。

「緋皇！　緋皇！　緋皇……！」

床に身を投げ出し、花神は緋皇に縋り付いた。まだ身体はあたたかい。けれどもはやそれは緋皇ではなかった。彼の魂はここにない。

「あ。あ……」

冥界まで、花神の力は及ばない。人が死ぬのは自然の理で、死は冥界の管轄だ。そこに手を出せば理を捻じ曲げることになってしまう。

だからその前に、緋皇を仙人にして天界へ連れて行くつもりだった。そうしたらずっと一緒にいられる筈だった。

しかし――それはもう叶わない。

「どうだ花神。これで引き分けだ」

ケミナの声が、じわじわと脳髄に浸透する。引き分け？

「……そんな……」

くだらない、そんな瑣末な理由で緋皇の命が奪われてしまった。こちらには勝負をしていた意識さえなかった。

契約者が死んだから、ケミナは天界へ戻るだろうと花神は決めつけていた。彼を護れなかったのは、花神の落ち度だ。耐えきれず、花神は絶叫した。

――天が轟き、地が揺れる。

膨張した花神の気が柱になって天井を貫いた。沈みゆく月がそこから覗く。

「なんだ……!?」

ケミナがまじまじと花神を見る。彼は慌てて神使の龍を呼んだ。花神は凍えるような笑みを浮かべる。逃げるつもりなのか。この期に及んで？

雷鳴とともに現れた龍を花神は一瞥した。

『下がれ。おまえの出る幕ではない』

龍が真っ逆さまに堕ちてゆく。地上にぶつかった衝撃で、また足元が揺れる。風が荒れ狂い、稲妻が轟く。崩れた天井の瓦礫が花神を中心に渦巻いた。

「馬鹿な、嵐を呼び大地を揺らすなど……！　そなたは天象を司る神でも、大地の神でもない筈。理が……」

花神は答えなかった。世界は荒れ狂っているのに、何も感じない。目の前にいる物体が何やら叫んでいるのが鬱陶しかった。

「そなたは低級神ではないのか。こんな真似、天主でもなければ……っ」

『うるさい』

ケミナの顔が恐怖に引き攣る。泣き叫ぶ相手を見ても、何も感じない。花神が消えろと呟くと、軍神は呆気なく消失した。緋皇の仇を討ったのに虚しさだけが込み上げてくる。

濡れた瞳であたりを見回し、ふらりと空へ飛び立った。

（緋皇の魂を、探さなくちゃ）

緋皇は夫だ。夫婦は一緒にいなければいけないのだ。神眼を使って冥界中をくまなく探す。

（いない、いない……どうしていないの!?）

狂おしい苛立ちに、稲妻が立て続けに炸裂した。地面が隆起し、ひび割れる。雷に打たれた木が燃え、やがて炎は山全体へと燃え広がってゆく。

（ああ……）

このままでは地上が崩壊する。花神は空に上った。緋皇の亡骸を残してきてしまった。魂魄を探し出したら、ふたたびあの身体に詰めてやらなければいけないのだ。

それに彼が愛し、彼を愛する人々が地上にはまだ残っている。現世を守らねば――。

（でも、どうしよう……止められない）

力が暴走しているのはわかるが、自分ではどうにもできない。だって憎い。つらい。悔しい。

（シエン、ごめんなさい）

涙があふれて止まらない。

（天主様、ごめんなさい）

もしも現世を壊してしまったら、これから数千年、下手したら数万年、それとも世界が終わるまで、どこかへ閉じ込められてしまうかもしれない。

だがそれでもいいか、と花神は投げ遣りに思った。緋皇がいないなら、輝く天界だろうが暗い冥界の底だろうが同じことだ。

(緋皇、守ってあげられなくてごめん。ごめんなさい)

いっそのことをすべての力を使いきり、自分は消えてしまったほうがいいのかもしれない。そうすれば現世だって守ることができる。

呆れた天主は花神から神格を剥奪するだろう。元より自分には過ぎた力だったのだ。

(もしもいつか人間に生まれ変わって、また緋皇と出会えたら……)

緋皇は人間になった花神には見向きもしないかもしれない。それなら今度はこちらから

——花神が彼に尽くして尽くして必ず振り向かせてみせる。

声が聞こえる。優しい——。

「起きろ、起きなさい、緋皇殿！」

いや、大して優しくない声だ。しかしその声には聞き覚えがあった。大事な人——いや、大事な神の従者の声だ。

そこで完全に覚醒する。緋皇は目を見開いた。冠羽のある白鳩が自分の頬を突いている。こんな鳩になど知り合いはいただろうか。

「いつまで寝惚けているんですか。花神様の危機なんですよ！」

花神、と聞いて緋皇は跳ね起きた。胸が痛い。それを言うなら額も鼻も痛い。打ち身の痛みだ。緋皇は己の身体を見下ろした。

衣服の胸のあたりにぽっかり穴が開いている。ふいに記憶が蘇った。

驚愕する花神の表情、そして己の胸から突き出た拳。それから急に視界が暗くなった。

「俺は、死んだのでは……」

「はい、死にました。でも生き返ったんです」

てきぱきと告げられても、すぐには受け止めきれない。それにしてもシエンに似た声だがいったい――。

「ご覧の通り、私はシエンです。今はちょっと薄汚れていますが」

ご覧の通りと言われて戸惑うが、突っ込んでいる暇はない。

「シエン殿、さきほど花神様の危機と言っていたのは？」

はい、とシエンは大人しく頷いた。

「花神様はあなたが死んだことを嘆いて、我を忘れています」

「そんな……花神様……」

まさかの事態に緋皇は愛しい神の名前を呟いた。シエンは呆れた顔で言う。

「何ちょっと嬉しそうな顔をしているんですか！　このままでは三界すべてが滅んでしまいますよ！」

「そう言われても、私には何がなんだか……」

瓦礫で埋め尽くされた玉座の間から、荒れ狂う天を眺める。

「本当にこれをあの花神様が？」

シエンは頷き、花神が戦神ケミナを怒りに任せ滅ぼしたことも告げた。床に人型の跡がくっきりと残っている。塵も残さず焼き尽くしたらしい。緋皇はぞくりと身を震わせた。

「花神様、お美しいだけではなく、お強いだなんて……」

「緋皇殿、ますます愛を募らせている場合ではありません。このままでは花神様御自身も滅んでしまう可能性があります。それだけ強大な力なのです」

今まで呑気にしていたのが嘘のように緋皇は姿勢を正した。花神を傷つけるものは、花神自身であってさえ許すことはできない。

「今は詳しい説明をしている時間はありません。ただ緋皇殿が生き返ることができたのも、暴走するあの方をあなただけが止めることができるのも花神様が緋皇殿を選んだゆえ」

緋皇は頷き、ひとつだけ確かめた。

「花神様はいったいなんの神様なんですか。神が全知全能じゃないと言ったのはあの御方です。神はそれぞれ役割を持っており、理に縛られるのだと……」

「それについては……そうですね、ご本人か天主様にでも聞いてください」

シエンが緋皇の肩に乗る。全身が光に包まれたかと思うと緋皇ごと宙に浮き上がった。天井の割れ目を抜け、城の上空へと上ってゆく。空を覆い尽くすような巨大な暗雲の向こうに花神がいるという。緋皇はいよいよ覚悟を決めた。

「花神様をお願いします、どうか……！」

シエンが放つ光が緋皇にも移ったかと思うと、突然凄まじい速度で身体が移動し始めた。お任せあれ、と伝えたかったが、一瞬でシエンを後方へ置いてきてしまった。

（俺は、飛んでいるのか？）

感慨に耽るには移動する速度があまりにも速すぎる。

しかも嵐の中なので、稲光を避けながら飛ばなければならないのだ。一瞬たりとも気が抜けない。やがて呼吸が苦しくなるほどの神気を感じ、緋皇は花神に近づいていることを確信した。

花神には何度も救われた。人間の身でできることなどたかが知れているだろう。

しかし苦しんでいる花神を手助けできるなら、この命さえ惜しくはない。

「……花神様！」

　唸る風の音に紛れ、緋皇の声が聞こえた気がした。

（我ながらなんて執念深い。唯夜のことを笑えないよ）

　緋皇は死んだ。花神は彼の魂魄が冥界へと旅立ったのをしっかりと視た。力は暴走しているが、今のところ気は確かだ。だからこれは幻聴だろう。

「花神様！　どこですか、花神様！」

　今度はさっきよりもはっきりと声が聞こえた。悲しみのあまり己の神気で緋皇の幻を作り出してしまったのかもしれない。

（それでも……）

　最後に彼の姿を見て声が聞けるなら、幻だろうと構わない。花神は声の限りに叫んだ。

「緋皇！」

「今、行きます！」

　幻が返事をしてくれた。都合が良すぎるが、どうしよう嬉しい。花神はソワソワしながら緋皇の幻が現れるのを待った。

（あ……）

　やって来た。我ながらよくできた幻だ。本物としか思えず、己の再現力に鳥肌が立った。

うっとりと穴が開くほどじっくり眺め回す。

「あれ？　あれ？　ええっ？」

緋皇はシエンの気に包まれていた。花神の作った幻なのに何故だろう。

すべてを見抜く神眼が、緋皇の魂を視た。

「嘘！　幻じゃない！　本物だ!?」

花神は飛んでいる最中なのに飛び上がって驚いた。緋皇に触れようとして、もしもこれが夢だったらと思い躊躇する。これだけ歓喜しておいてやっぱり嘘でした、となれば気が狂う。身が震えるほどの喜びを抑え、花神は慎重に訊ねた。

「どうして……反魂香（はんごんこう）でも使った？　おまえ死んだんだよね」

「それが、私にも何故生き返ったのかわからず……。心の臓は確実に止まっていたと思うんですが」

緋皇は衣に開いた穴を指でなぞった。

恐る恐る手を伸ばす。こちらにやって来た緋皇はその手を掴むと、己の頬にぐっと押し当てた。

緋皇と名を呼ぶと、抱きしめられて息が詰まる。強く逞しい腕に花神は縋り付いた。

瞳を覗き込むと薄灰色の瞳に赤色が混じっていた。花神はあっと叫んだ。

「僕の神気が混じっている。そうか……陽の気を注いで貰った時、僕の神気もおまえの中に入ったんだ」

「花神様の気が……」

「普通の人間だったら気を与えても、身体の中には留め置けないんだ。人間の器に神の気は強すぎるからね。おまえは緋獅族で神の血が入っていたから馴染んだんだろう。僕と婚姻関係にあったのも幸いしたね」

緋皇の胸に抱かれていると、次第に気持ちが落ち着いてくる。花神の精神状態に呼応して、吹き荒れていた風は止み、雨雲は流れ、雷鳴はかき消えた。

「見て、緋皇」

地平線の彼方から日が上る。気がつけば夜が明けていた。朝の光が緋皇の横顔を照らしている。花神は両手で緋皇の首にしがみついた。

「ねえ緋皇、僕ね、おまえに伝えたいことがあるんだ」

触れ合った頬が温かい。緋皇は黙って頬をすり寄せてきた。くすぐったくて笑ってしまう。花神は緋皇と目をしっかり合わせて、囁いた。

「おまえが好き、緋皇。ずっと一緒にいて」

「是」

光の速さで即答され、花神は膨れた。

「おまえね、神の言うずっとの意味わかってる？　ずっとって言ったらずっとだよ。永遠だよ？　終わりがないってことだ」

「永遠に愛してます、花神様」

見つめ合い、どちらからともなく口付けを交わす。緋皇の広い背中をかき抱くと、それ以上の強さでぎゅっときつく抱きしめられた。

口付けを解く。だが寂しくてすぐにまた口付ける。飽かずに何度も接吻を繰り返していると、ふいに緋皇が「あっ」と叫んだ。

どうした、と訊ねようとして花神もあっと声を漏らした。

割れた大地、焼けた森、遠く視界の果てまで一斉に花が開いてゆく。荒れた大地が生き返るのを、花神と緋皇は抱き合ったまま見下ろした。

「さすが、花神様ですね」

「ちょっと……かなり恥ずかしいんだけど……」

緋皇と結ばれたことが嬉しくて、現世に花をあふれさせてしまった。天界の連中にも絶対に知られてしまっただろう。花神は真っ赤になった顔を緋皇の胸に押し付けた。

上った太陽もまるでふたりを祝福するようだった。実際光に全身を包み込まれ、温かい気が流れ込んできた。

花神は伏せていた顔を起こした。

「爸々（パーパ）！」

ふたりは草原に立っていた。そこら中に花が咲き乱れ、木には果実が実っている。美しい蝶がひらひらと舞い、花神の髪に止まった。笑って指を差し出すと、蝶は怯えず乗り移った。小鳥たちが歌い、頭上を旋回する。

「ここはいったい……」

あたりを見回して戸惑う緋皇の手を花神は掴んだ。こっちだよ、と引っ張りながら先を行く。

「あの、ここはどこですか？　蒼の国の近くでしょうか」

花神は悪戯っぽい笑みを浮かべて言った。

「違うよ、ここは天界。あっちに爸々がいるから挨拶しに行こう」

「花神様の、お父上……？」

緋皇はいきなり青ざめた。歩みが露骨に遅くなる。

「花神様のお父上ということは、勿論神でいらっしゃるんですよね」

うん、と頷き花神は首を傾げた。

「まあ厳密に言うと父ではないんだけど……一応結婚の報告をしないとね」

緋皇が顔を引き攣らせる。そこからたった二歩進むと、突然目の前に豪邸が現れた。もう一歩進むといつのまにかふたりは建物の中にいる。そこは部屋の終わりが見えないほど広大な広間だった。天井は遥か高く、それなのに梁も柱もどこにも見当たらない。神の住まいだ。

心の準備が、と焦った声で囁く緋皇に、大丈夫だよ、と花神は請け負ってやる。

「爸々、今日は僕の伴侶を連れてきたよ。現世で皇帝をやっている緋皇だよ」

緋皇が不思議な顔をする。囁くようにして訊ねてきた。

「花神様、お父上はどちらに……」

ああ、と彼の戸惑いに思い至る。

「そこにいるというか、在るというか……」

その時だった。あたりに声が響き渡る。

『花神か』

はっと隣で緋皇が身を硬くする。ぐらりと、その身体が傾ぐのを咄嗟に支えてやった。

「いい名前でしょう。緋皇がね、僕に付けてくれたんだ」

『女媧(じょか)がおまえに名を贈りたいと言っていたが、断らねばならんな』

「だって、ここにいる時は名前なんかいらないと思ってたんだもん。女媧様には今度僕からも謝っておきます」

女媧、という名前に緋皇が息を詰めた。花神の父が誰なのか、うっすらと気がつきつつあるのかもしれない。

『緋皇と言ったな。おまえが生き還ったのは、花神がおまえを選んだからだ』

花神は緋皇に手を差し出した。彼は素直にその手を取り、口を開いた。

「是。愚生には、誠に勿体ないことと存じます」

「勿体なくないよ！　僕が緋皇と一緒にいたいの」

本来であれば、死んだ人間を生き返らせることは理に反する。だが緋皇は花神の伴侶となり契ったので、完全な人間とも言い切れぬ存在だ。半分だけ目を瞑ってくれたのだろう。

花神は掴んだ指に力を込めた。

緋皇はこちらを見て微笑むと、同じくらいの力でしっかり握り返してくれた。

『〝それ〟は僕(しもべ)だ。我が力の一部を与えている。此度のような事態にならぬよう、今後は夫たるおまえがしっかり手綱を握るのだぞ。それは少々ポンコツゆえ』

「もう！　爸々まで僕のことポンコツって言った！」

笑い声が響いたかと思うと、次の瞬間またあたりの様子が変わっていた。

天蓋付きの寝台が置かれた部屋に、太陽の形にくりぬかれた窓、床は大理石で上品な光沢を放っている。

ふたりきりになった途端、緋皇はその場にへたり込んだ。無理もない、あれだけ強烈な神気を人の身で浴びたのだ。正気を保っているだけでも大したものだった。

普通の人間だったら発狂して廃人になりかねない。

（でも一応手加減してくれたよね。いつもよりずっと『遠く』からお話ししてたもの）

いずれ慣れて貰う必要はあるが、緋皇ならきっと大丈夫だろう。それより今は、これから共にあることを許して貰えたことを喜びたかった。

「さっき天主様が言ったとおり、僕はあの方の分身なんだ。天主様の力は強大すぎるから、ここから動けない。そんなあの方の目となり耳となって、三界を行き来するのが僕の役割」

「戦えないとおっしゃっていたのは……」

「おまえも見てのとおりだよ。天主様の力は天地開闢（てんちかいびゃく）の力。三千世界を生み出すほどの力だ。強大すぎて僕にはとても扱いきれない。さっきだって暴走させて世界を滅ぼしかけた……」

「まさか以前も暴走させたことが……？」

えへへ、と花神は笑って誤魔化した。

「僕ね、力を制御するので精一杯だから、普通の神様に比べたらできることは限られちゃうんだ。そりゃ現世を滅ぼしても良いっていうなら戦えるよ。特定の敵だけやっつけるとか器用な真似はできないの」

緋皇は深い溜息を吐いた。

「えっと……緋皇、大丈夫？」

「神が御自身のことを『僕』と呼ぶなど……気がついてしかるべきでした」

「騙していたわけじゃないけど、黙っていてごめんね。僕のこと嫌になっちゃった？」

「花神様！」

緋皇は今までになく怖い顔になった。部下たちの前で服を脱いだ時と同じか、それ以上に怒っている。

「我が愛を疑っておいでですか」

「いや、そういう訳じゃないけど」

花神は緋皇の視線を避けて俯いた。

「僕の伴侶だと天界で認められたらおまえには神格が与えられる」

「神格……神になるのですか、私が……？」

「勿論勝手になるわけじゃなくて、これから厳しい修行をしなくちゃいけない。それに一度神になってしまったらやっぱり人間に戻りたいと思っても戻れないんだ。おまえの愛を疑っているわけじゃない。でも、最後にもう一度だけ確認させて」

緋皇の薄灰色の瞳を見つめる。じっとこちらに注がれる眼差しに、花神は微笑んだ。

「おまえは僕に永遠を誓える？」

「あなたと一緒にいられるならば、喜んで人の身を捨てましょう」

緋皇は迷うことなく言い切った。

「そう……ふふ」

もう何も心配はいらない。ふたりは本当の伴侶になり、永遠に仲良く暮らすのだ。緋皇は両手を広げた。花神が飛び込んでくるのを待っている。

「……」

すたすた、と行ったり来たりしながら、花神は親指の爪を噛んだ。緋皇は穏やかな笑みを浮かべ、そんな花神を見つめている。花神は口を開いては閉じるという動作を二度三度繰り返してから、両手で顔を覆い隠した。

「そんなこと言ったって……イシカちゃんはどうするんだよ。おまえが贔屓にして後宮に通ってたの、知ってるんだからな！」

これだけは決して言うまいと思っていたのに、ついに言ってしまった。

本当は神らしく鷹揚に構えているつもりだった。人としての生などあっというまに終わってしまう。その後の悠久を思えば、他の女と関係を持ったことなど瑣末事として受け入れるべきなのだ。

ましてや緋皇は皇帝だ。皇后の他に側室がいるのは当たり前である。そもそも神が人間に嫉妬するなんて、情けないにもほどがある。

緋皇は不思議そうに目をしばたたいた。

「何度も言ってますが、あの人は私の従姉妹で姉のようなものです。彼女が後宮にいるのは間諜としてですよ。前帝国の残党やら不穏な者の動きを見張って貰っています」

え、と花神は顔を上げた。緋皇が嘘を吐いている様子はない。

「えっと、えっと、じゃあ……？」

「寝ていませんよ、あの人とは。女として見たこともありません。誤解だと申し上げた筈です」

よかった、と花神はその場にへたり込みそうになった。

イシカの存在を知った時、花神は己のこころを自覚していなかった。けれど今は違う。花神は緋皇が好きで、彼が自分以外の存在に触れることは絶対に許せない。下手に拗(こじ)らせれば祟り神になりそうな勢いなのだ。花神の心など知らぬ緋皇は、それに、と続けて言った。

「彼女のほうがお断りだと思います。なにしろイシカは男より女が好きですから」

「えっ！　その話もっと詳しく聞かせて……！」

現金なことについ身を乗り出してしまう。めくるめく花園の秘密をぜひ聞きたい。ぜひ、詳細に。だが緋皇はにべもなく言った。

「話しませんよ。それよりもあなたとは他にしたいことがありますから」

緋皇は花神を横抱きにすると、問答無用で寝台まで歩いて行った。花神は両手を己の頬に押し当てる。そこは火がついたように熱く火照っていた。

寝台にそっと横たえられ、優しく髪を撫でられる。心臓が破裂しそうにうるさい。

「我が愛をあなたに捧げさせてください」

花神は緋皇の手を取り、掌に何度も口付けた。緋皇の赤の混じった薄灰色の瞳が、一瞬で燃え上がる。

「僕をおまえのものにして。そして、おまえを僕のものにさせて」

「御意」

お互い服を脱がせ合いながら、飽きずに口付けを繰り返す。やがて最後の一枚を寝台の外に放り出し、隙間のないほどぎゅっときつく抱き合った。

「ねえ、おまえのこと、もっと見せて」

体温が離れるのは寂しかったが、花神は緋皇をよく見たかった。朝の光に照らされて彼の産毛が金色に輝いている。逞しい胸に触れ、割れた腹の筋肉のひとつひとつを指で辿った。下腹まで到達して、花神はすこし恥じらった。だが戸惑う指を強引に導かれ、滾ったものを握らされる。

「あっ、凄い……びくびくして……」

「見てください。あなたが欲しくて、こうなっているんです」

「ねえ、おまえをよくしてあげたい。どうしたら気持ち良くできる？」

緋皇は花神の下唇を優しく食んだ。上の唇も同じように歯を立てず甘咬みしてからじっと瞳を覗き込んできた。

「すこし俯いて、口を開いてください」

「ん……」

花神が言われた通りにすると、緋皇が微かに喉を鳴らした。

「そのまま、ここに唾液を垂らしてください」

「ふぇ!? そ、そんなの……お行儀悪いよ……」

思わず上目遣いかつ、涙目で文句を言う。緋皇はそんな花神を今にも食いつきそうな目つきで見つめながら、きっぱり言った。

「はしたないあなたをもっと見たい」

「ううう……」

「俺のことをよくしてくださるんでしょう? お願いします、花神様」

熱望されてしまうと駄目だ。神本来の気質に、愛する男を甘やかしてやりたい気持ちが加わって花神はぐずぐずになってしまう。

耳の先まで真っ赤に染めながら、花神は緋皇の先端にだらしなく唾液をこぼした。びく、と剛直を跳ねさせて緋皇が息を震わせる。それだけで花神は腹の奥がじんと痺れてしまった。

「触ってください」

己の唾液と緋皇の先走りのせいで、指を使うとぐちゅぐちゅと卑猥な音がする。まるで自分がされているように、花神はちいさく喘ぎ声を漏らした。

（あ、これが……今から僕の中に入ってくるんだ……）

一度、抱かれた身体は知っている。この長く大きいものが、どうやって繊細な粘膜を擦り、奥を穿つのか。もじもじと膝を擦り合わせていると、気がついた緋皇が花神の細腰を片手で抱き寄せた。

「あっ」

「手を後ろについて、もっと足を開いて」

緋皇を触っていただけなのに、昂った身体が恥ずかしい。だが屹立した陰茎同士がぬるぬる擦れると、脳みそがトロけそうなほど気持ちが良かった。

「は、んっ」

腰を振る花神の痴態を、緋皇はじっと見つめていたが、ふと腰を支えていた掌を尻に伸ばした。ちいさいが柔らかい尻肉をぎゅっと掴まれて、花神は「あ」と背筋を震わせる。不埒な指が最奥を撫でると、くちっと吸い付くような音が立った。

（濡れて……緋皇のこと、欲しがってるのバレちゃった……）

縁をくるくる撫でられているうちに、指がぬるりと簡単に入ってしまう。壁を撫でられながら奥まで挿入されると、きゅうと異物を締め付けた。

肉の抵抗に逆らうように指を引き抜かれ、内腿がぴくんっと痙攣する。気がつけば花神は懇願（こんがん）していた。

「緋皇、もっと欲しい……」

指一本とは比較にならない大きな昂りを握りしめる。きつくても痛くてもいいから、今すぐ緋皇に貫かれたかった。

「あまり煽られると、我慢が利かなくなります」

「我慢しないで。ぐちゃぐちゃにして。僕、おまえにだったら壊されてもいいの」

緋皇は困惑気味に眉を寄せた。己の欲望と戦っているのかもしれない。大事な神に無体を働きたくないと葛藤しているのだ。

「僕のことは花神って呼んで。おまえは僕の旦那様なんだから」

「花神……」

「はい、旦那様」

花神は両手を膝裏に回し、大きく足を開いた。

花神の身体は天主に創造して貰ったものだ。すべての造作が完璧で、服を着ていないことを恥ずかしいと思っても、裸を見られて恥ずかしいと思ったことはなかった。

だが、緋皇を前にすると駄目だった。尖った胸の先も、淫液にまみれ勃ちあがった陰茎も、物欲しげにひくつく後孔も、見られると身が竦むほどの羞恥に襲われる。

死にたくなるほど恥ずかしいのに、緋皇に見て欲しいのだ。花神がどれだけ緋皇を欲しているのか、彼に知って欲しかった。

羞恥のあまり滲んだ涙がぽろり、と頬を転がる。頭の神経が灼き切れてしまいそうだ。

「おまえのしたいこと、全部してあげたいの」

「……ッ」

緋皇は静かに息を呑み込んだ。そして、そのまま凍りついてしまう。

花神は己の言動を後悔した。淫乱がすぎると呆れられてしまったに違いない。羞恥とは別の理由で涙ぐんでいると、突然両膝を痛いくらいの力で掴まれた。

「あ、やっ!?」

尻が完全に天井を向き、顔のほとんど真横に膝がくる。驚いて踵が跳ねるが、緋皇にしっかり押さ込まれ動けなかった。

「え、嘘、うそ……ッ！」

緋皇が大きく口を開き、花神の陰茎を咥える。そんなところを舐められるなど、想像したこともなかった。軽く恐慌状態に陥った花神の耳に、じゅぷじゅぷ、と下品な水音が突き刺さる。

「やだ、やだぁあ」

とうとう花神が泣き出すと、緋皇は口の中で猛ったものをねっとりと吸い上げた。その刺激に耐える間もなく放埓する。

「ひ、あ、あ……」

達した快感が遅れてやってくる。くたりと寝台に沈む花神に構わず、緋皇は次に会陰へと舌を這わせた。

「ひ、ぃ……う」

そのまま舌が舐めようとしている場所を察し、花神は必死にもがこうとした。だが力の差は歴然としていて、徒に尻を揺らめかせただけで終わる。

とうとう、音を立て最奥に口付けられ、花神はあまりのことに啜り泣いた。

現世の生き物と違って排泄こそしないが、今そこは愛液でぬれそぼっている。そんな汚れた場所を舐められるのは我慢できなかった。

「もぉ、やあ……」

何より一番耐え難いのは、そんな場所を舐められて感じまくる自分自身だ。達したばかりだというのに、もう陰茎は硬さを取り戻し始めている。

「あ、だめ……だめえっ」

硬く尖った舌先が、窄まりに突き立てられる。熱く濡れた肉に敏感な粘膜を舐られて、花神は悲鳴を放った。自分の耳にさえ、その声は甘ったるく聞こえた。完全に雄に媚びる雌の声だ。

「花神」

泣き濡れて重くなった睫毛を持ち上げる。触れる舌も、指先も火傷しそうなほど熱いのに、緋皇の顔は涼やかだ。そんなの狡い、と花神は思う。

（もっともっと、頭がおかしくなるくらい、僕のことを欲しがって）

そんなこちらの思いが漏れたのだろうか、緋皇は噛み付くように口付けてきた。嬉しくて相手以上の激しさで応える。微かに血の味がして、互いの野蛮さに笑う。

緋皇が獣のように唸って言った。

「俺を欲しがれ、花神」

神に与えるつもりなのか、なんて傲慢な人間だ。でもそんな傲慢な人間が花神は好きだ。緋皇が欲しい。緋皇しかいらない。

「おまえを頂戴、お願いだから……」

泣きながら懇願すると、やっと望んだものを与えられる。痛みと圧迫感、それを凌駕する充足感に背筋が痺れた。

隙間がないほどしっかりと抱き合い花神は呼吸を震わせる。幸せなのに、胸が苦しくて切なくて涙があふれた。

「花神……」

まるで花神につられたように、緋皇の瞳にも涙が滲んでいた。愛おしいものに触れると、楽しくて愉快なだけだと思っていたのに、痛いほど胸が締め付けられる。でも嫌じゃない。

「あ、あっ、あ」

花神の中で、緋皇のものがさらに大きく猛ってゆく。これが一番奥だと思った場所から、さらに深い場所まで抉られて、視界が狂ったように明滅した。

二千年、どうして自分はこれを知らずにいたのだろう。この男なしで、どうやって生きてこられたのか。もう思い出せない。緋皇がいなければ、もう一秒だって息もできない。

(ああ、ずっとおまえに逢いたかった嬉しい——)

もう二度と離さない。たとえどんなことがあろうと絶対に。

花神は艶やかに微笑んだ。

終章

花神と緋皇が天界から戻ると、炎軍の兵士たちは城門前で待機していた。シシと合流し、緋皇は蒼へと攻め入った。

炎の軍隊はすぐに蒼を制圧し、炎帝国はさらにその領土を広げた。

本来であれば炎帝国に逆らった王族は皆殺しであったが、蒼王は毒婦唯夜に操られていたとあって、王位剥奪のうえ僻地へ飛ばされた。

緋皇の治世は百年間続き、皇后花神はふたりの男の子とひとりの女の子を生み落とした。

その後、彼の子孫たちが帝国を治めた。

緋皇は死後天界で修行をして、神の一柱になったとされる。炎の皇帝と彼に嫁いだ花神の伝説は古い文献や絵画に今も残されている。

花神が召喚された時より二千年以上の時を経た今もなお、人々はその美しさに溜息を吐くのだった。

■あとがき■

このたびは『ふわふわ花神様、炎の皇帝に娶られる』をお手に取って頂き誠にありがとうございます。鹿嶋アクタと申します。

今回自分にしては珍しいタイプの受けを書かせて頂きました。

『僕』受けや口調の柔らかい受けを書くのはほぼ初挑戦だったので、大変難しくもあったんですが、新鮮かつ楽しい経験になりました。

何が楽しかったかといって、特に喘ぎ声を書くのが楽しかったです！

私は普段強気な受けを書くことが多く、「……くっ」とか「やめろ！」系の喘ぎ声になりがちなのですが、今回ストレートに「いやぁ」が書けて最高でした。

以前にも「いやぁ」は書いていたかもしれませんが、それは受けが朦朧とした状態の中での「いやぁ」なので、素面での「いやぁ」は初めてだったかと思います。

そして「いやぁ」の良さを味わいつつ、「くっ……！」の良さも改めて実感した次第であります。どちらも好きです。

そして中華風ファンタジーを書かせて頂いたのも、同じく初めてだったのですが、事前に調べた事がほぼ活かせなかったのが少々心残りです。古代中国の厠事情とか……いや、これは活かさなくて良かったです。

そんな初めて尽くしの本作ですが、読者の方に少しでも楽しんで頂けましたら幸いです。

末筆になってしまいましたが、私のイメージ以上に美麗かつ格好いいふたりを描いてくださったkivvi先生(ラフの段階で花神、緋皇どちらも数パターンの髪型や衣装を用意してくださって、そのどれもが素晴らしく贅沢にも悩ませて頂きました)、今回も大変大変ご迷惑をおかけしてしまった担当O様(本書がこうして発行できるのはすべてO様あってこそです。ありがとうございます)、何より今あとがきを読んでくださっている皆様に、こころより感謝申し上げます。

それではまた、お目にかかれますように！

鹿嶋アクタ拝

初出
「ふわふわ花神様、炎の皇帝に娶られる」書き下ろし

CHOCOLAT
BUNKO

この本を読んでのご意見、ご感想をお寄せ下さい。
作者への手紙もお待ちしております。

あて先
〒171-0014東京都豊島区池袋2-41-6
第一シャンボールビル 7階
(株)心交社　ショコラ編集部

ふわふわ花神様、炎の皇帝に娶られる

2020年1月20日　第1刷

著　者:鹿嶋アクタ
発行者:林 高弘
発行所:株式会社　心交社
〒171-0014　東京都豊島区池袋2-41-6
第一シャンボールビル 7階
(編集)03-3980-6337 (営業)03-3959-6169
http://www.chocolat_novels.com/
印刷所:図書印刷 株式会社